경계 없는 소설

경계 없는 소설

초판 1쇄 발행 2025년 12월 26일

지은이 • 성해나 조해진 김다은 전춘화 김이환 한소은
엮은이 • 오세호 유상균 이윤아 이하영 이현주 최연정
펴낸이 • 황혜숙
편집 • 김현정
조판 • 이주니
펴낸곳 • (주)창비교육
등록 • 2014년 6월 20일 제2014-000183호
주소 • 04004 서울특별시 마포구 월드컵로12길 7
전화 • 1833-7247
팩스 • 영업 070-4838-4938 | 편집 02-6949-0953
홈페이지 • www.changbiedu.com
전자우편 • contents@changbi.com

ISBN 979-11-6570-398-1 43810

경계 없는 소설

× 성혜나
× 조혜진
× 김다은
× 전춘화
× 김이환
× 한소은

창비

머리말

경계를 넘어, 연결된 '우리'를 꿈꾸며

지구 행성에서 태어난 장소에서 단 한 번도 떠나지 않고 생을 마감하는 생명체는 얼마나 될까요? 한곳에 깊이 뿌리를 내린 식물조차도 외부의 힘으로 자리가 옮겨지고, 스스로도 홀씨를 날려 먼 곳에 후대를 피워 냅니다. 스스로 몸을 움직일 수 있는 동물에게 공간 이동은 더 자연스러운 생존 방식이겠지요. 반면 우리에게는 고향을 그리워하는 '수구초심' 또한 존재합니다. 이 말은 특정 공간에 대한 애착과 그리움이 생명체에게 얼마나 중요한 본능인지를 말해 줍니다.

이를 통해 결국 우리는 익숙한 터전에 대한 애착과 새로운 세상에 대한 동경, 이 두 가지 마음을 동시에 품고 살아가는 존재라는 생각이 듭니다. 이 상반된 감정은 정주定住와 이주移住 사이에서 사회적·문화적 충돌을 빚어내기도 하고, 새로운 역사를 만들기도 합니다.

우리는 누구나 자신이 선택하지 않은 특정한 환경에서 태어납니다. 그 경계 안에서 공동체를 이루며 정체성을 형성하지요. 구성원들은 기쁨과 슬픔을 나누며 서로 끈끈한 유대감을 키우지만, 이러한 강력한 결속력이 이방인에게는 때로 높고 배타적인 벽으로 느껴질 수도 있습니다. 그럼에도 인간은 한자리에 정착해서만 살지 않았습니다. 사회적 위협이나 자연재해를 피해, 혹은 더 나은 삶을 찾아 인류는 끊임없이 길을 떠나는 생존의 여정을 선택해 왔습니다.

우리가 사는 곳이 모든 면에서 완벽하다면 굳이 고단한 이동을 선택할 이유는 없을 것입니다. 하지만 우리는 늘 더 나은 미래를 꿈꾸기에 이동의 가능성을 열어 두고 삽니다. 더 넓은 세상에서 공부하기 위해, 일자리를 찾기 위해, 혹은 사랑하는 사람과의 행복을 이루기 위해 국경을 넘습니다.

반면 등 떠밀리듯 떠나야 했던 아픈 이주도 있습니다. 일제 강점기 북간도와 사할린으로 떠나야 했던 우리 선조들이 그랬고, 다른 대륙에 노예로 끌려간 아프리카 흑인들과 강제로 소련 서부로 이주당한 고려인들의 삶이 그랬습니다.

오늘날 우리는 다양한 문화와 언어가 뒤섞이고 서로 다른 배경을 가진 사람들이 아주 자연스럽게 이웃이 되는 글로벌 시대를 살고 있습니다. 디지털 세상의 발전으로 가 본 적 없는 곳의 사람들과도 언제 어디서든 실시간으로 연결됩니다. 한곳에 정착하지 않고 전 세계를 무대로 자유롭게 살아가는 '디지털 유목민'이나 자발적 '디아스포라(diaspora)'가 늘어나는가 하면, 다시 고향과 뿌리를 찾아 돌아오는 '아나스포라(Anaspora)' 현상도 함께 나타납니다. 떠남과 돌아옴, 정착과 이주가 공존하는 이 복잡한 세상에서 우리는 과연 어떤 태도로 살아가야 할지 깊은 성찰이 필요한 시점입니다.

『경계 없는 소설』은 바로 이러한 고민들을 담은 이야기들을 모은 결과물입니다. 교육 현장에서 '다문화 교육'이라는 말에서 시작된 이 작업은 꽤 긴 시간과 고민을 필요로 했습니다. 저희는 '다문화'라는 단어에 담긴 진짜 의미를 되물어 보곤 했습니다. 그것이 단순히 이질적인 문화들의 물리적 공존을 뜻하는 것인지, 그렇다면 누구의 입장에서 이질적인 것인지, 혹여 일방적인 의미가 내포되어 있는 것은 아닌지, 그리고 그것을 교육한다는 것은 어떤 형태로 가능한 것인지 등에 대해서 말이죠.

이러한 고민을 이어 가던 중, 학생들과 함께 난민과 이주 문제를 다룬 여러 책들을 읽고 이야기 나눈 적이 있습니다. 학생들은 인류의 이주 역사가 매우 오래되었다는 점, 이주의 이유는 다양하며 대체로 생존에 유리한 방향으로 결정되어 왔다는 점을 깨달았습니다. 한편 지금 이 순간에도 생존을 위협받으며 고통스러운 이주를 해야 하는 사람들이 있다는 사실에 마음 깊이 공감하며 안타까워했습니다.

학생들의 모습을 통해 다문화 감수성이란 '문화적 차이에 고정

관념을 갖지 않고 상대의 입장을 고려하면서 문화적으로 공감하는 능력과 태도'라는 것을 알게 되면서 고민이 많이 해소되었습니다. 그리고 그것을 고민하며 배울 수 있는 작품들을 하나씩 선정하였습니다.

이 소설집에는 다양한 삶의 궤적이 담겨 있습니다. 떠났던 이들이 자신의 뿌리를 찾아 돌아오는 여정을 통해서는 정체성의 의미를 묻습니다. 낯선 한국 땅에 들어와 고군분투하면서 갈등하고 적응하는 이야기를 통해서는 차이에도 불구하고 공통의 가치를 찾아 화해의 접점을 찾아가는 모습을 보여 줍니다. 또한 기존의 환경을 떠나 새로운 공간으로 향하는 처절한 여정과 비애의 과정을 통해서는 이를 결국 인간애와 협력으로 극복할 수 있음을 깨닫게 합니다.

우리는 지금 '경계'보다 '연결'을 지향하는 세상에 살고 있습니다. '우리'라는 단어가 그 바깥에 있는 다른 존재를 배제하는 벽이 되어서는 절대 안 되겠지요. 공익 광고에서는 이주 배경 청소년이 친구와 떡볶이를 나눠 먹으며 웃지만, 현실에서는 급식이 종교 교리에 맞지 않아 굶는 아이가 존재하는 것이 우리가 마주하는 오늘입니다.

'우리'가 모두를 아우르는 진짜 '우리'가 되려면 먼저 무엇을 해야 할까요? 이 책에 실린 소설들이 혐오와 차별의 경계를 넘어 이해와 존중을 바탕으로 함께 살아가는 법을 배우는 계기가 되기를 바랍니다. 서로 다른 삶의 궤적을 가진 이들의 목소리를 통해, 그동안 우리가 그어 놓았던 경계가 사실은 서로 맞닿아 있는 연결의 지점임을 다시금 확인하게 될 것입니다.

차례

성해나

2019년 『동아일보』 신춘문예로 작품 활동을 시작했다.
소설집 『빛을 걷으면 빛』, 『혼모노』, 장편 소설 『두고 온 여름』 등을 썼다.
젊은작가상, 이효석문학상 등을 받았다.

괸당

그 부부는 당숙의 먼 친척이었다. 촌수로 따지면 남이나 다름없었으나, 아버지는 구태여 내게 그들을 재종숙이라 부르라 했다. 족보를 거슬러 올라가다 보면 그들도 여지없이 한 뿌리씩은 걸쳐 있을 테고, 그 정도면 권당*이나 진배없다며, '숙부'와 '숙모'는 너무 친밀하게 여겨지고, '아저씨' '아주머니'는 예의에 어긋나는 듯해 고심하다 나는 그들을 '재종숙 부군'과 '부인', 그렇게 부르기로 했다. 아버지는 중앙아시아에서 나고 자랐다는, 이태 전 횡사한 당숙 외엔 한국에 마땅한 일가친척이 없다는 재종숙 부부의 사정에 대해 구구절절 설명했다.

새 형수 말 들어 보난 소련에서 산 사람인디도 한국말 제법 햄댄 햄서라. 육지드레 관광은 몇 번 해난 거 같은디 제주도는 이번에

* 친인척을 뜻하는 제주 방언으로 권당眷黨에서 비롯된 말.

처음이랜.

아버지는 제주도로 관광을 하러 온다는 부부를 반나절 동안 가이드하기로 했는데 아무래도 영 불안하다며, 괜찮다면 나도 동행해 통역을 도와달라고 청했다.

왜요? 그 사람들 한국말 할 줄 안다면서.

곧잘 하는 것뿐이지 능통하지는 못하다, 자신은 가방끈이 짧으니 아무래도 내가 함께 가는 게 좋지 않겠냐고 말한 뒤 아버지는 넌지시 덧붙였다.

울 박사 똘 안 데령가민 누게 데령갈 거라.

아직 논문이 통과되지 못했으니 박사는 아니었는데도 아버지는 나를 꼭 그렇게 불렀다. 박사 딸, 박사님, 우리 고씨 집안 엘리트.

박사. 그 말에 실린 무게를 가늠할 때면 온몸이 무지근해졌다. 석사에 박사까지 도합 칠 년 동안의 등록금을 대 준 당숙이 불현듯 떠올랐기 때문이었다.

느 등록금 해 주려고 성님이 조천읍 땅이영 과수원이영 다 폴아분 거 잊어시냐? 니 박사가 만들어 준 게 다 성님 공이고 덕이라.

아버지 말마따나 당숙이 조천읍에 있는 종토宗土를 팔지 않았다면 석사는커녕 학사 학위도 받을 수 없었을 것이었다.

느영 나영 궨당 도움으로 여까지 와신디 받은 만이 갚으멍 살아야지.

아버지의 타박에 별수 없이 나도 동행하겠다고 했다.

재종숙 부부는 아침 일곱 시 반 비행기로 제주공항에 도착할 예정이었다. 늦으면 안 된다는 아버지의 재촉에 예정보다 한 시간 앞서 공항에 도착했다. 꼭두새벽인데도 공항은 관광객으로 붐볐다. 다들 잠도 없네. 제주에서 태어나 섬 밖에서 살아 본 적 없는 나로서는 관광객들의 상기된 표정이며 달뜬 발길이 늘 이해되지 않았다. 쿠팡에서도 살 수 있는 감귤 크런치나 백년초 초콜릿을 몇 박스씩 사 가는 것, 돌하르방이 있는 곳이면 무작정 달려가 사진을 찍는 것, 원주민인 내게 정말 궁금하다는 얼굴로 '너희 집에도 감귤밭 있어?' 묻는 것도. 제주가 뭐 그리 특별하다고. 화산섬일 뿐인데.

아버지는 공항에 도착한 이후로 내내 하품을 연발하고 있었다. 기지개까지 늘어지게 켜다 나와 눈이 마주치자 민망한 듯 웃기도 했다.

그러게, 정시에 출발하자고 했잖아요.

늦엉 허둥대는 것보담 기다리는 게 낫다게.

기지개 켰던 팔을 앞뒤로 크게 움직이며 아버지는 손뼉을 쳤다. 게이트 쪽에 앉아 있던 사람들이 우리 쪽을 힐끔댔다. 그들을 아랑곳 않고 열심히 맨손 체조를 하며 아버지는 며칠 전 당숙모와 통화를 나눴다고 말을 이었다.

새 형수는 이제 나 삼춘이랜 부르지도 않더라.

어떻게 사시냐 물었더니 '잘 산다'며 어물쩍 넘어가고, 재서랑 종서 안부 물었더니 '걔들도 잘 산다'며 데면데면 말을 받더라고, 육지 가서 살더니 원 깍쟁이가 다 되었다고 아버지는 은근히 당숙모 흉을 보았다. 당숙의 장례를 치른 뒤 당숙모는 서울에서 사는 딸 종서네로 거처를 옮겼다. 이따금 종서의 인스타그램에 당숙모와 함께 찍은 사진이 업로드될 때가 있었다. 서촌에 있는 카페에서 브런치를 먹는 사진이나, 활짝 웃는 얼굴로 숲을 거니는 사진, 브이 자를 그리며 찍은 '인생 네 컷'. 인스타그램 속 당숙모는 내가 알던 그녀와는 사뭇 달랐다. 창호지를 입에 문 채 제주祭酒를 담그고, 아궁이 앞에 앉아 밤새 불을 지키던, 어딘지 모르게 화나 있고 말을 퉁명스럽게 뱉던 그녀와는.

이젠 한 식구도 아니잖아요.

내 말에 아버지는 손을 내저으며 정색했다.

게도 한집이서 부대끼멍 이십 년 넘게 살아신디…… 경 말하면 되나.

그게 또 그렇게 되나, 생각하며 나는 별 대꾸 없이 전광판을 올려보았다. 하바롭스크발 국제선이 곧 도착한다는 알림이 표시되어 있었다.

게이트로 사람들이 하나둘 빠져나오는 동안, 아버지는 부부를 찾기 위해 온 사방을 기웃댔다. 시간이 지날수록 더 많은 인파가 게이트로 몰렸다. 내가 'Олег Ko' 'Елена Yoon'이라 적힌 피켓을 들고 게이트 앞에 서 있는 동안, 아버지는 당숙모에게 전화를 걸었다. 당숙모가 대강 일러 준 인상착의—남자는 덩치가 크고 여자는 말랐다고 했는데—로는 도저히 사람들 사이에서 부부를 분간해

낼 수 없었다. 신호가 몇 번 걸리더니 곧장 음성 사서함으로 넘어갔다. 아버지가 몇 번 더 전화를 걸었지만 당숙모는 받지 않았다.

안 받아요?

기달려 봐.

연신 신호음만 이어지는데도 아버지는 끈질기게 전화를 걸었다. 끊어지면 다시, 끊어지면 다시. 아버지가 당숙모에게 연달아 전화를 넣고 있을 때, 누군가 내 어깨를 톡톡 쳤다. 얇은 재질의 등산용 바람막이를 입은 여자가 뒤에 서 있었다. 그녀는 피켓과 자신을 번갈아 가리키며 말했다.

옐레나. 옐레나.

옐레나? 당신이 '옐레나 윤'이냐는 내 물음에 그녀는 고개를 주억였다. 재종숙 부인은 백육십오 센티인 나보다 한 뼘은 작았고, 〈세계테마기행〉에서 본 몽고인처럼 쌍꺼풀 없는 눈에 볼이 붉고 얼굴이 둥글해 좀처럼 나이를 가늠할 수 없었다. 멀뚱히 서 있는 나를 향해 그녀는 몇 마디 말을 더 걸었는데, 특유의 강한 억양과 발음 때문에 영어인지 노어인지조차 제대로 알아들을 수 없었다.

뒤늦게 상황을 파악한 아버지도 내 옆으로 다가와 부인에게 정중히 인사했다. 아버지는 목소리를 두 톤 정도 올리며 부인에게 말을 붙였다.

왔수꽈? 오멍 별일 어셨지예?

부인은 아버지 말을 전혀 알아듣지 못하는 것 같았다. 영문 모를 얼굴로 '치토? 치토?'만 반복하는 그녀를 보며 아버지는 '무신

거랜 고람댜?' 되물었다. 한국말을 할 수 있는지 영어로 묻자 부인은 고개를 내저었다.

한국말 못 한대요.

무사?

아버지는 의아하다는 듯 물었다. 한국인추룩 생겨서 한국말 못 하민 되나.

한마디도 못 한다니?

못 한다잖아요.

했던 말을 또 하며 사람을 지치게 만드는 것은 아버지의 오랜 버릇이었다. 말꼬리를 물고 늘어지며 논의를 불가하게 만드는 습관. 안 그래도 피로한데 불필요한 논쟁으로 에너지를 허비하고 싶지 않았다. 난처한 표정으로 우리를 번갈아 보는 부인에게 괜찮다고, 이게 우리의 의사소통 방식이라고 전했다. 아버지도 옆에서 괜찮수다, 댓츠 오케이, 하며 어색하게 웃어 보였다. 부인의 표정은 여전히 좋지 않았다. 아버지는 입맛을 다시다 이맘때 제주는 바람이 적어 관광하기 좋다거나, 수국이 보기 좋게 피어 근사하다는 말들을 마구 주워섬겼다.

야이, 통역 좀 해 보라.

아버지가 빠르게 뱉은 말을 나는 서둘러 영어로 옮겼다. 부인은 내 말의 반은 알아듣고, 반은 알아듣지 못하는 것 같았다. 내가 통역을 마치면 그녀는 노어를 섞어 답을 했고, 대화는 자주 끊겼다.

우리가 한국어에서 영어로, 다시 노어로 돌고 도는 이상한 대화를 이어 가고 있을 때, 긴 머리를 포니테일로 묶은 남자가 수하물 카트를 끌고 우리 앞에 다가와 섰다. 남자는 키가 크고 눈매가 깊었고, 백인 혈통이 묘하게 섞인 듯한 모습이었다. 아버지보다 족히 열 살은 어려 보이는 그 남자는 재종숙 부인과 노어로 재빠르게 대화를 주고받더니 곧 아버지와 내게 손을 내밀었다.

안녕하십니까. 올레크 고입니다.

그는 연변 억양으로 한국어를 구사했는데, 약간 어눌하긴 했으나 뜻을 헤아리는 데에는 전혀 문제가 없었다. 지난한 대화가 이렇게 마무리되는구나, 안도하는 심정으로 부군의 손을 맞잡았다. 그의 손은 두툼했고, 약간 뜨뜻했다. 짧은 인사를 나눈 뒤 부군은 부인의 어깨에 팔을 두르며 말했다.

이 사람 한국말 전혀 못 합니다. 기래 내 짐 찾을 때까지 꼼짝 말고 기다리라 했는데 이 사람이 '씨먀' 보고 싶다며 저 혼자 온 거요.

씨먀가 뭐냐고 묻자 부군은 활짝 웃었다.

가족이요, 우리말로 가족.

기골이 장대한 남자 옆에 서 있으니 안 그래도 왜소한 부인이 더 작게만 보였다. 부군은 넉살 좋게 아버지를 형님이라고, 나를 플레만니차라고 불렀다. '형제의 자식'을 노어로 그렇게 부른다고 했다. 한국에서는 '조카'라고 부른다고 하자 그는 조카, 조카, 되뇌며 미소 지었다. 부인에게도 그 뜻을 알려 주고 싶은 모양인지 형님, 조카라는 말과 노어를 반복하며 무어라 속닥였다. 내내 불안한 얼굴로 일관하던 부인이 그제야 표정을 풀었다. 부군과 부인이 화기애애하게 이야기를 나누는 동안 아버지는 말없이 서 있었다. 부군의 기세 때문인지, 갑자기 지친 모양인지 아버지의 말수는 확 줄어 있었다. 표정도 딱딱하게 굳어 있었고.

어디 불편하세요?

아버지에게 물었다. 아버지는 부부를 바라보다 나지막이 말했다.

몽케지 말고 재기 가자고 허라.

공항에서 나오자마자 재종숙 부부는 돌하르방을 찾아 헤맸다. 고향 친구들이 제주에 가면 꼭 그 석상 앞에서 사진을 찍어야 한다고 당부했다며. 부군은 가방에서 접이식 셀카 봉을 꺼내 아버지와 내게 자랑하듯 보여 주었다. 부부가 공항 주차장에 있는 돌하르방 앞에서 사진을 찍는 동안 아버지와 나는 조금 떨어진 곳에서 그 광경을 지켜보았다. 부부 말고도 그렇게 셀카 봉을 들고 사진을 찍는 외국인 관광객이 몇 더 있었다. 아버지가 말했다.

너도 봐시냐?

아버지의 시선은 내가 아닌 부부에게로 향해 있었다. 부부가 검지와 엄지를 맞대어 손가락 하트를 그리고, 쑥스러운 듯 웃으며 볼을 맞대는 모습을 그는 빤히 쳐다보았다.

눈이 파랗더라고, 파래.

네?

내가 가까이서 봐신디 눈이 파랗더라고. 너 우리 집에서 저런 씨氏 나온 거 봐났나.

그제야 아버지의 표정이 어째서 좋지 않았는지 알 수 있었다. 차로 향하는 동안에도 아버지는 부군의 파란 눈과 장발에 대해, 거기서 느껴지는 이질감에 대해 언급하며 마뜩잖음을 숨기지 않았다. 우리 제주 고高씨는 '고을나'를 시조로 삼고 있는 순혈이라고, 변邊씨나 양楊씨처럼 중국 어디서 갈라져 나온 귀화 성씨가 아니라고 그는 강조했다.

건데 저이는 파란 눈이잖냐. 도대체 출생이 어떵 될 철인고, 출생이.

재종숙 부부가 우리 바로 뒤에서 걸어오고 있었다. 행여 부부에게 들리지는 않을까, 안절부절못하며 제발 목소리 좀 낮추라고 속삭였다. 아버지는 목소리를 낮출 생각은 않고,

뭐 어떵하나, 둘 중 하나는 먼 말 하는지도 모를 건디.

퉁을 놓았다. 얼굴이 빨개진 채로 힐끗 뒤를 보았다. 부부가 손을 맞잡은 채 말없이 우리 뒤를 따르고 있었다.

해안 도로를 빙 둘러 천천히 차를 몰았다. 날이 궂지도, 바람이 심하지도 않은 온화한 날이었다. 바다 위로 잔잔히 반짝이는 금파와 크고 작게 솟아 있는 오름, 바다를 끼고 펼쳐진 목장. 차창 밖으

로 펼쳐지는 풍경에 재종숙 부부는 탄성을 터뜨렸다. 부군은 자신들의 고향은 내륙 안쪽에 있어 바다를 보려면 차를 타고 꼬박 하루는 가야 한다고 했다.

제주는 원처 이래 날씨가 좋소?

그렇지도 않아요. 두 분이 날을 잘 맞춰 오셨어요.

그렇습니까? 내 우리 형님이랑 조카 덕에 좋은 구경 합니다.

아버지는 묵묵부답이었다. 포구를 지나 애월에 접어들 때까지도 아버지는 입을 꾹 다문 채 휴대폰만 만지작대고 있었다. 묘한 침묵이 흘렀다. 서로를 향한 멋쩍음과 언짢음, 거북함이 차에 가득 고여 있는 것만 같아 나는 공연히 차창을 열었다 닫으며 환기를 했다. 아버지의 침묵에도 굴하지 않고 부군은 계속 서글서글하게 말을 붙였다.

월정리는 어딥니까?

아버지는 여전히 대꾸가 없었다. 안 그래도 침체된 분위기가 더 가라앉기 전에 내가 대신 답을 했다.

월정리는 이 반대편인데…… 왜요?

우리 아바이 고향이 월정리요.

월정리. 그 말에 내내 심드렁하던 아버지가 고개를 돌려 재종숙 부부 쪽을 쳐다보았다.

부군의 부친은 본래 월정리에서 감자 농사 짓던 사람이라고 했다. 부군이 제 부친에게 들었다는 이야기에 따르면, 일제 강점 당시 제주는 토양이 척박하고 부역과 진상이 가혹해 수많은 이들이 도망치듯 떠나는 섬이었고, 감자밭을 일구던 그의 아버지 역시 섬을 떠나 농지가 기름지다는 연해주로 향했다고 했다. 소문대로 연해주는 토지가 비옥했고 탐라에서, 한밭에서, 한성에서 올라온 이들이 이미 부락을 꾸려 적응도 어렵지 않았다.

봄에 감자 한 버그미 숨구면 가을에 열 가마시 수확할 마큼 땅이 좋더랍니다.

그들은 코료 사람, 그러니까 고려인으로 불리며 그곳에 모여 살았다. 정월 초하루엔 곤밥에 마른 생선 놓고 제상을 차리고, 입동엔 온 동네 사람들이 모여 신나게 김장도 하며.

강제 이주 전까지는 쭉 그랬지비.

1937년 스탈린에 의해 자행된 고려인 강제 이주에 대해서는 나 역시 다큐멘터리를 통해 익히 알고 있었다. 육백 명이 넘는 사람들을 과밀하게 태운 채 한 달을 멈추지 않고 달리던 횡단 열차, 비료와 석탄 싣는 칸에 실린 채 얼어 죽고 굶어 죽고 병들어 죽은 사람들, 달빛 환히 비치는 밤마다 열차 밖으로 내던져지던 죽은 아이와 노인들…… 부군의 부친은 그 지옥도를 수도 없이 겪어 가며 북카자흐스탄에 도착했다.

우리 어마이가 소련 처녀였는데, 고레 아바이 만나 고생 엄체이 했습니다. 나도, 우리 브라트도 고생 세이 했고.

거기까지 얘기한 뒤 부군은 바다를 바라보며 말을 이었다. 물결이 반짝이고 있었다. 부군은 그 시절을 거쳐 여기까지 온 것도, 이 땅을 밟게 된 것도 모두 꿈 같다고 했다. 그의 목소리엔 그 시절을 향한 슬픔과 애수가 묻어 있었다. 재종숙 부인 역시 노어와 영어를 섞어 가며 무어라 중얼댔다. 그 이야기를 잠자코 듣던 아버지가 물었다.

거난 자네 아방은 이디 사람이라는 거지?

부군이 고개를 끄덕이자 아버지는 기다렸다는 듯 되물었다.

부친 존함이 어떵 됩신고?

고 정 자 식 자요.

정식?

아버지는 반색하며, 식자 돌림이민 우리 아방뻘인디, 내가 규 자 돌림이난, 소리쳤다. 아버지는 항렬과 파에 대해 언급하며 열색을 감추지 못했다. 맥이 풀렸다. 또 시작이구나. 아버지는 평소에도 같은 성을 가진 사람과 만나면 본관이 어딘지 빼놓지 않고 캐물었고, 제주 고씨 성주공파의 경조사마다 따라가 축배를 나누고 화환을 돌렸다. 궨당의 일이라면 열 일 제치고 찾아가는 사람, 그게 아버지였다. 이런 상황에서까지 파를 따지고 항렬을 나누다니. 지긋지긋해하는 나와 달리 재종숙 부군은 항렬의 개념에 대해 세세히 물어 가며 그것을 이해하려 애썼다. 부인에게도 그게 무슨 뜻인지 오래 설명한 뒤, 아버지에게 다시 질문했다.

그럼 항렬로는 우리 브라트입니까?

부라트가 뭐꽈?

부군은 휴대폰 번역기를 돌려 아버지 가까이 들이밀었다. 형제, 형제, 하는 기계음이 반복적으로 들려왔다.

형제. 아버지는 룸 미러로 부부를 힐끗 보았다.

뭐, 항렬은 같으난……

아버지는 말끝을 흐렸다. 목적지까지 오백 미터 남았다는 내비게이션 알림이 들려왔다.

부부와 도착한 곳은 고기국수를 파는 식당이었다. 머리가 하얗게 센 노부인 혼자 운영하는 가게였는데, 취급하는 메뉴도 하나뿐이고 입간판조차 없어 모르는 사람들에겐 가정집처럼 보일 수 있는 곳이었다. 터무니없이 허름한 외관, 은근하게 풍기는 누린내. 누군가를 대접하기에 그곳은 부적합해 보였다.

전날, 그곳에서 아침을 먹겠다는 아버지를 나는 여러 차례 만류했다.

해안 도로 근처에 다른 좋은 식당도 많잖아요.

옥돔구이를 비롯해 열댓 가지 찬이 나온다는 한정식집, 새벽에 갓 잡은 활전복으로 끓인 죽이 메인이라는 해녀 식당 등 내가 블로그며 인스타그램을 뒤져 찾은 '애월 맛집'들을 아버지는 '엉덩이 가벼운 육지 것들이 우후죽순 지은 사업장'이라 단정 지으며 꺼렸다.

허름해 봬도 토박이 집이 제라한 맛집이라.

다른 집은 단가 맞추려 거세한 수퇘지를 쓰는데 여긴 그보다 배는 비싼 암퇘지를 취급한다고, 육수의 풍미도 다른 집과는 현저히 다르다고 아버지는 구구절절 설명했고 재종숙 부부도 그러냐며 그에 열심히 맞장구를 쳤다. 공항에서와 달리 아버지의 태도는 사뭇 나긋해져 있었다. 반찬으로 나온 톳무침이며 깍두기를 부부 앞으로 밀어 주기도 하고, '찬이 입맛에 맞암시냐 물어보라' '짐기 맵지는 않댄 햄샤?' 하며 부인에게 하고 싶은 말을 나보고 전해 달라 하기도 했다. 그때마다 나 대신 부군이 그 말들을 통역하며 '입에 딱 맞는답니다' '이 사람 김치 잘 먹습니다' 했다. 부인은 김치를 물에 씻어 먹었다. 아버지는 그 모습을 유심히 지켜보다 쩝, 입맛을 다셨다. 멸치볶음을 집어 먹는 부군에게 아버지가 물었다.

자네 아방이 몇 년도에 연해주로 건너갔다고?

아바이 열 살 안 되어서니 고저 일천구백삼십오 년 정도 될 겝니다.

게믄 자네 아방은 4·3은 잘 모를 철이네이.

아버지의 말에 부부는 영문 모를 표정을 지었다. 부부의 표정을 살피다 아버지는 고개를 저었다.

아니여게, 모르민 됐어. 골아 봐도 마음만 쓰리고, 좋은 일도 아닌디게.

아버지는 깍두기를 씹으며 화제를 돌렸다.

아방은 건강하시고?

아바이 오 년 전에 돌아가셨지비.

아이고…… 경 상심이 컸겠네.

아버지나 부군 둘 다 다른 방언을 쓰는데도 그 뜻이 통한다는 게 신기했다. 아버지는 부부에게 자식이 있냐고도 물었다. 딸만 셋 있다고 말하며 부군은 휴대폰을 꺼내 딸들의 사진을 보여 주었다. 부인과 부군을 반씩 닮아 얼굴은 둥글고 눈은 파란 여자애 셋이 숲을 등진 채 웃고 있었다.

똘똘허게들 생겨신게.

큰아는 올해 졸업하고 선생질합니다. 작은 것들도 지 언내 따라 공부 좀 하려 듭니다.

부군의 말에 아버지는 나를 가리키며 굳이 말을 보탰다.

야이는 박사라, 박사.

빅사입니꺼?

부군은 추임새를 넣으며 아버지가 방금 한 이야기를 부인에게 통역해 주었다. 부인이 나를 향해 엄지를 치켜세웠다. 아버지는 부부에게 내 자랑을 쉴 새 없이 늘어놓았다. 두 돌도 안 되어 애국가를 사 절까지 독창했다느니, 제주대를 차석으로 입학했다느니 하는 얘기를 구구절절. 입이 풀렸는지 내가 대학에 들어갈 때 우리 집 사정에 대해서도 모조리 이야기했다.

나가 하던 사업 망해서 야이 대학 보낸다 만다 해나신디, 그때 울 성님이 종토를 판 거라. 야이 대학 졸업시키고 대학원까지 보낼 수 있었던 게 다 우리 성님 덕이고 공이라.

자연스럽게 화제는 죽은 당숙의 이야기로 넘어갔다. 부군은 당숙에 대해 잘 알지 못하지만, 자기 부친으로부터 몇몇 이야기를 주워듣긴 했다고 전했다.

인사도 잘허고 웅변도 잘허고, 우리 아바이 말로는 '될성부를 놈'이었다 합니다.

그의 말대로 당숙은 생전 마을 사람들로부터 호평이 자자했던 사람이었다. 시제時祭 때 들어온 선물이며 남은 음식을 늘 지역 경로당에 보냈고, 선대의 묘뿐 아니라 무연고 분묘의 벌초까지 손수 했으며, 환갑이 지나서까지 마을 어른들에게 공수배를 드렸다. 마을 사람들의 신임을 얻은 것도, 육 년에 걸쳐 마을 이장을 연임한 것도 그 때문이었겠지.

하지만 내가 겪은 당숙은…… 뇌전증 발작을 일으키는 재서를 멀찍이서 지켜보기만 하던 사람이었고, 접빈을 제대로 하지 않았다는 이유로 종서의 빰을 내리치던 사람이었으며, 침이 섞이면 부정 탄다며 제주를 빚을 때마다 당숙모에게 창호지를 입에 물게 하던 사람이었다. 큰할머니도, 큰할아버지도 꼼짝 못 하던 제주 고씨 성주공파 삼십이 대손. 그의 엄혹함과 냉정함을 나는 똑똑히 기억하고 있었는데, 아버지가 기억하는 당숙은 그와는 정반대였다.

게, 울 성님이 그런 사람이었어. 사람 좋고 정 많으매 괸당들헌테도 잘허곡.

아버지의 입을 거쳐 당숙은 다정하고 가족에게 잘하는 사람으로 둔갑했다. 나는 기억하고 있었다. 나이도 적잖이 먹은 놈이 지방紙膀도 쓸 줄 모른다며 종친회 어른들 앞에서 아버지를 면박 주던 당숙을, 하는 사업마다 족족 망해 먹는 아버지를 '두루붕이'라 부르며 비꼬던 당숙을.

나는 다 기억하는데 아버지는 잊은 걸까. 재종숙 부부 앞에서 죽은 당숙을 그리워하고 기리는 아버지를 보며 나는 조금 의아해졌다. 종택宗宅에 얹혀살며 우리가 어떤 모욕을 당해 왔는지를, 당숙이 천만 원 남짓한 돈을 빌려주며 차용증이니 공정 증서니 지불각서니 하나도 빠짐없이 작성하라며 쌍심지를 켜고 호통치던 것을, 아버지는 벌써 잊은 걸까.

식당 주인이 김이 무럭무럭 나는 국수 네 그릇을 상에 차려 놓았다. 재종숙 부인이 고명으로 얹은 돔베 고기를 가리키며 이게 무엇이냐 물었다.

돔베, 그니까 도마를 제주도 말로 돔베랜 하메이. 경행 돼지고기 솖은 거 돔베에 올령 먹어난 걸 돔베 고기랜 헌다.

아버지의 말을 나는 'pork'라고 짧게 통역했다. 돼지 뼈를 고아 만든 육수에선 잡내가 많이 났다. 고기를 한 점 집어 올리자 비계에 붙은 털이 보였다. 털이 숭숭 박힌 돔베 고기를 집어 먹으며 아버지는 시내에 있는 유명 국숫집과 이 집의 차이에 대해 열심히 설명했다. 텔레비전에 나온 곳들은 다 뜨내기 장사 하는 곳이고 근방에선 이 집이 원조라고, 그래서 자기는 이 집만 찾는다고.

이 집 삼춘이 제주서 손 야무지기로 유명해.

아버지가 원조의 중요성에 대해 이야기하는 동안 부부는 가장자리에 놓인 반찬만 겨우 집어 먹었다.

무사? 입에 안 맞암시냐?

아버지가 묻자 부군은 국수가 식으면 먹겠다고 했다.

무사?

원동서는 본래 국시 차게 먹지비.

부군은 말했다. 자신들의 고향에서는 얼음을 간 육수에 양배추나 오이, 토마토 같은 고명을 얹어 시원하게 먹는다고, 뜨끈한 국수는 잘 먹지 않는다고. 부부는 국물에 찬물을 섞고, 면발을 후후 불며 열기를 식혔다. 부군은 그나마 몇 술 떴지만, 부인은 먹는 둥 마는 둥 물만 들이켰다. 통 먹지 않는 부인을 보며 아버지는 미간을 좁혔다.

야이는 꼭 한국인추룩 생겅 짐기도 물에 시쳐 먹고 국시도 못 먹네이……

이 집 깍두기는 젓갈 대신 도루묵과 생태를 넣어 시원 담백하다고, 꼭 제맛을 봐야 한다며 아버지는 깍두기 국물을 부인의 그릇에 냅다 부었다. 순식간에 벌어진 일이었다. 부인도, 부군도 당황하는 기색을 감추지 못한 채 그릇을 멀거니 쳐다보았다. 고기 국물에 깍두기가 서서히 섞이고 있었다.

자자, 이서 먹어 보라. 이 사람들 다 영 먹는다.

아버지의 말에 부군은 자신과 다른 환경에서 자란 부인의 사정에 대해 상세히 설명했다. 강제 이주 후 노역에 시달리던 부모가 죽고 위탁 가정에 입양된 그녀의 사정과, 한식이나 한국말은 거의 접하지 못한 채 살아온 나날에 대해. 감정을 뺀 채 최대한 부드럽게 말하려는 게 느껴졌다. 그런 부군에게 아버지는 재차 말했다.

아니 게믄 이번 기회에 먹어 보면 안 되나?

이 사람이 페레츠 잘 못 먹습니다.

고추나 매운 음식을 먹으면 소화불량에 시달린다는 부인의 사연까지 듣고 나서야 아버지는 겨우 수긍했다.

미리 골아 주지…… 이거 아까왕 어떵하나.

남은 건 내가 먹겠습니다.

부군은 부인 몫의 국수를 제 그릇으로 옮겨 담았다. 깍두기 국물이 섞인 시큼한 국수를 부군은 천천히, 남김없이 먹었다.

식당에서 나오자마자 아버지는 화장실에 갔다 온다며 어딘가로 사라졌다. 나는 재종숙 부부와 식당 앞에 꼼짝없이 남겨진 채 아버지를 기다렸다. 여지없이 정적이 감돌았다. 식당 문에 기대어 서 있는 부부에게 나는 우리 아버지가 원래 저런 사람은 아니라고 말했다. 아마 두 분께 한국식 문화를 가르쳐 주고 싶어 그런 행동을 한 것일 거라고, 평소엔 그렇게 무례하고 무신경한 사람은 아니라고, 보디랭귀지까지 섞어 가며 변명하듯 덧붙였다. 재종숙 부인이 나를 보며 무어라 중얼댔다. 프…… 뭐라고 하는 것 같았는데 역시나 잘 알아들을 수 없었다. 부인에게 다시 한번 말해 달라고 하자 부군이 대신 답했다.

과이찮답니다. 조카가 미안할 게 전혀 아니랩니다.

부인의 말처럼 내가 미안해해야 할 이유는 전혀 없었다. 괜한 변명을 할 필요도 없었다. 한데 나는 왜 아버지를 대신해 이렇게 쩔쩔매며 사과하고 있는 걸까, 수치를 느껴야 할 사람은 아버지인데 왜 내가 더 부끄러운 걸까.

멀리서 아버지가 걸어오는 게 보였다. 한참 만에 돌아온 아버지의 양손에는 노란 열매가 한가득 들려 있었다. 비파였다.

저듸에 지천으로 널려 있길래…… 밥도 하영 못 먹던데, 이거라도 먹어.

아버지는 부부의 손에 비파를 쥐여 주었다. 부인 손에 한 줌, 부군 손에도 한 줌, 내 손에도 한 줌.

이거 다른 디서는 보기 힘든 거라. 귀한 거라.

부드러운 껍질을 벗기자 주홍빛 과실이 드러났다. 우리는 식당 앞에 나란히 앉아 달달한 향이 풍기는 그것을 오물오물 먹었다. 씨앗을 투, 뱉으며 아버지는 재종숙 부군에게 어디 가고 싶은 곳이 있냐고 물었다. 그 말을 듣고 부군은 잠시 생각에 잠기다 자기 부친이 살던 곳에 가 보고 싶다고 했다.

월정리에?

부군이 고개를 끄덕였다. 부인도 마찬가지로 그곳을 구경하고 싶다고 했다. 월정리는 종택이 있는 곳이었다. 당숙의 장례를 치른 이후 아버지와 나는 그곳에서 나와 시내에서 살고 있었다. 아버지는 한참 고민하더니 말했다.

겅 하자. 보고 싶다는디 가. 가 봐.

애월에서 월정리로 향하는 동안 부부는 서로 어깨를 기댄 채 잠을 잤다. 코까지 골며 곤히 자는 그들을 룸 미러로 곁눈질하며 아버지에게 물었다.

아버지가 짠 코스는요? 거긴 안 가 봐도 돼요?

부부를 위해 아버지는 사흘 전부터 관광 코스를 부지런히 짰다. 제주민속촌을 들렀다가 해녀박물관을 거쳐 용담 기사 식당에서 점심 식사를 하는 조금은 빡빡한 코스를. 내 물음에 아버지는 됐다며 손을 내저었다.

바닷물이 팥죽이라도 소까락 엇이민 못 먹지. 한국말도 못 하는 디 민속촌은 무신…… 야이네 가고종 한 디 가야지.

차는 중산간 도로를 따라 힘겹게 올라갔다. 전부 오르막길이었다. 부부가 깨지 않도록 조심스럽게 가속 페달을 밟았다. 오아시스민박, 큰손상회, 폭낭슈퍼…… 익숙한 건물들이 차창 밖으로 하나둘 지나갔다. 풍경을 못으로 붙박아 놓은 듯 모든 것이 삼십 년째 그대로인 지긋지긋한 동네. 종택을 나와 대학 기숙사에서 살 때는 버스가 마을 초입에 들어설 때마다 숨이 막히고 오금이 저렸다. 이 년 만에 왔는데도 그 갑갑한 기분은 여전했다.

당숙이 죽은 뒤에도 아버지는 넉 달에 한 번은 꼭 이곳에 들러 이제는 아무도 살지 않는 종택을 청소하고, 마을을 돌며 종친회 어른들의 안부를 살폈다. 보현이는 뭐 하느라 얼굴도 안 비치느냐는 그들의 핀잔에 '가이는 박사 아니꽈, 박사가 시간이 어디 이수꽈' 하는 변명을 일삼으며.

거진 다 와신게.

아버지가 말했다. 멀리 '제주 고씨 군자 마을'이라는 표석이 보였다.

마을 어귀는 고요했다. 초입에 고씨 성을 가진 팔촌이 살았는데, 그 집 앞에 트랙터가 세워져 있는 것을 보고 아버지가 들어가 인사드리자는 것을 겨우 말렸다. 제주 고씨 군자 마을의 노인들은 대부분 '고씨 삼춘'으로 불렸다. 볼레낭 집 고씨 삼춘, 도세기 키우는 고씨 삼춘, 갈치 배 타는 고씨 삼춘, 교장 하시던 고씨 삼춘…… 우리 아버지는 박사 똘 둔 고씨 삼춘이었고, 당숙은 (마을 사람들끼리의 은어였지만) 재혼한 고씨 삼춘이었다.

재종숙 부부는 어귀에 서 있는 야자나무 밑에서 셀카 봉을 이용해 사진을 찍고, 귤밭이며 돌담이며 보이는 것 하나하나 카메라에 담았다. 돌담을 끼고 걷는 중에 부군이 나와 아버지를 불러 세웠다. 부군은 현무암을 겹겹이 쌓아 만든 돌담과 그 안의 봉분을 가리키며 저게 뭐냐고 물었다. 산담이라고, 아버지가 답했다.

죽은 사람들 집이라, 저게.

제주 사람들은 망자를 영영 떠난 사람이 아닌 잠시 떠난 사람으로 여긴다고, 그래서 밭 옆에도 무덤이 있고 집 옆에도 무덤이 있다고 아버지는 설명했다.

저이들은 나고 자란 곳에 묻히었구나.

부군이 나지막이 중얼댔다. 그는 산담을 여러 각도에서 카메라에 담다 아버지에게 물었다.

기럼 저거이 누구 묘입니까?

누게 묘긴 다 헛묘여, 헛묘.

헛묘……가 뭐입니까?

게나네, 시체가 어성 임시로 맹긴 묘. 것이 헛묘.

시신 없이 지어진 묘. 이 마을엔 그런 묘들이 숱했다. 『순이 삼촌』이나 〈지슬〉에 나오는 사건을 이 마을 사람들은 고스란히 겪었다. 주민 중 반이 토벌대의 탄압을 피해 토굴과 숲에 숨어들다 총 맞아 죽고, 고문당해 죽고, 수장되거나 행방불명되었다. 나룻배를 몰던 나의 조부모 역시 반공 세력으로 의심받아 토벌대에 끌려갔는데, 두 사람이 어찌 되었는지는 누구도 알지 못했다. 아버지의 가까운 친척 중 유일하게 살아남은 이들은 관청에서 일하던 큰 조부네 식구, 그러니까 당숙네 부모뿐이었다. 그들은 갓 백일 된 아버지를 자기 막내아들이라 우기며 겨우 살려 냈다.

조부모의 헛묘는 종택 뒤 선산에 있었다. 아버지는 제 부모의 기일을 몰랐고, 그것은 가족이며 친구를 잃은 다른 주민들도 마찬가지라 그들은 음력 8월 초하루에 '술도 벌초도 함께하자'고 합의를 보고, 합동으로 무덤에 떼를 입히고 풀을 다듬었다. 그러다 보니 무덤은 사실상 구분되지 않았고, 마을 사람들은 다 제 괸당 묘다, 생각하며 서로의 묘를 깨끗이 관리했다.

묘 주위에 웃자란 잡초를 뜯으며 재종숙 부군은 말했다.

우리 고향에도 저런 묘 많습니다.

자네 고향에도?

아버지가 물었다.

예, 열차에서 돌아가신 분들 묘 다 우리가 시웠습니다.

강제 이주 때 시신을 수습하지 못한 이들의 묘를 살아남은 이들이 카자흐스탄에 손수 만들었다고, 그걸 '헛묘'라 부른다는 건 이번에 처음 알았다고 부군은 말했다. 부군의 이야기에 아버지는 고개를 끄덕였다.

게, 우리도 우리끼리 견뎠어. 미움도 괴롬도 다 우리끼리 나누고 삭였어.

이 집의 마당에도, 저 집의 뒤뜰에도 널린 산담을 우리는 천천히 돌아보았다. 부군이 물었다.

티시시나 해도 됩니까?

티…… 뭐?

부군이 휴대폰 번역기를 돌렸다. 침묵, 침묵, 하는 기계음이 흘러나왔는데, 문맥을 곰곰이 따져 보니 침묵이 아닌 묵념에 대해 말한 것 같았다. 아버지도 나도 고개를 끄덕였다.

클라유 미라.

부인이 먼저 합장을 한 뒤 눈을 지그시 감았다. 부군도 같은 말을 하며 눈을 감았고, 마지막에는 아버지도 '삼춘 나 와수다, 펜한햄수꽈?' 하며 묵념을 올렸다. 손을 모은 채 나는 그들을 지켜보았다. 헛묘를 앞에 두고 누군가의 평안을 비는 얼굴들은 어딘지 모르게 닮아 있었다.

아버지는 부부에게 이곳저곳을 구경시켜 주었다. 이듸는 우리 대부님 댁, 이듸는 우리 대고모 댁, 굳이 굳이 짚어 가며.

제주 고씨 일가의 집성촌이라는 것 외에 이 마을에는 별다른 특색이 없었다. 그래도 하나 꼽아야 한다면……

야이, 고야주酒라고 들어 봤나?

종택 가까이 왔을 때 아버지가 부부에게 물었다. 부부는 고개를 저었다. 그럴 줄 알았다며 아버지는 그들을 종택 안 정주간 쪽으로 데려갔다. 기가 막힌 것을 보여 주겠다고 아버지는 부부에게 큰소리를 쳤다.

이게 제라진 거라, 아무 데서나 못 먹는 거.

아버지는 정주간의 빗장을 풀었다. 굳게 닫혀 있던 문을 열자 시큼한 악취가 훅 끼쳤다. 재종숙 부부가 서둘러 코를 싸쥐었다. 기세등등하던 아버지의 얼굴이 순식간에 굳었다. 무명천으로 입구를 봉해 놓은, 언제 제조했는지 모를 수십 개의 탁주 항아리가 정주간에서 지독한 냄새를 풍기고 있었다.

고야주는 조로 빚은 술이었다. 정조에게 진상까지 되었다는 귀한 술. 고씨 집안 제사에는 꼭 이 고야주가 올라갔다. 빚는 과정도 까다로웠고—쉴 염려가 있으므로 서리가 내리기 전 빚기 시작해야 하고, 술을 익힐 때는 일정한 온도를 유지해야 하며, 빚을 때나 익힐 때 부정 탈 만한 언행은 삼가야 하는 등—또한 아무나 빚을 수 없었다. 이 가양주의 비법은 대대로 가문의 종부에게만 전승되어 왔다. 우리 대에서는 당숙모가 그 주인이었다.

당숙모가 종택을 떠난 뒤 술들은 발효를 넘어 썩어 가고 있었다. 곰팡내와 쉰내가 섞여 이상야릇한 냄새가 떠돌았다.

이거 다 아까왕 어떵하나, 아이고……

아버지는 안타까움을 감추지 못하며 항아리 입구를 덮은 천을 자꾸만 들추었다. 과도하게 발효된 술은 탁한 빛을 띠었고, 표면엔 정체 모를 찌꺼기가 둥둥 떠다녔다.

내가 살짝 맛만 봐 보꺼?

그러지 말라 만류하는데도 아버지는 미련을 거두지 못하고 자꾸만 물어 왔다. 넉 달 전 종택을 방문했을 때까지는 괜찮았다며, 우리 집 술은 마셔도 탈이 나지 않을 거라며 요지부동이었다.

아버지, 우리 나가요.

나는 한시도 그곳에 있고 싶지 않았다. 재종숙 부부 역시 그런 눈치였다. 아버지를 설득해 그곳에서 나가려 하는데, 누군가 정주간 문을 열어젖혔다.

들머리에 익숙한 차가 시워져 이시난 누겐가 해신디 우리 조카였네.

마을 초입에 사는 아버지의 팔촌, 선지왓집 고씨 삼촌이었다. 여기서 뭘 하고 있냐는 그에게 아버지는 가양주를 개봉하고 있다고 열없이 답했다.

고야주? 그 귀한 걸 지금 먹어 부렁다고?

고씨 삼촌은 능글맞게 웃으며 아버지의 어깨를 툭 친 뒤, 호기심 어린 눈으로 재종숙 부부를 훑어보았다.

경행 이는 누겐디마씨?

이듸는……

재종숙 부부를 힐끔대며 아버지는 잠시 주춤했다. 망설이다 아버지는 그들을 '당숙의 권당'이라 설명했다.

으응, 권당이여?

고씨 삼촌은 부부를 노골적으로 훑어보았다. 특히 부군을 유심히 관찰했다. 부군의 장발과 파란 눈동자를 빤히 들여다보다 삼촌은 말했다.

그거 지금 까젠 햄서?

예?

고야주 말여. 깔거민 이듸서 고치 마시자고.

삼촌은 항아리로 손을 가까이 가져간 뒤 휘휘 흔들며 냄새를 맡았다. 숨을 크게 들이마시며 향을 음미하다 그는 말했다.

푹 발효됐다마는, 이 정도민 마셔도 된다.

시큼한 냄새가 진동하는데도 삼촌은 괜찮다며 손을 내저었다. 아버지도 고개를 끄덕이며 그 말에 호응했다.

그래요, 삼춘. 저기 마루에 앉아서 좀만 기다리셔요. 내 금방 따라 올 테니까.

야, 드끈 따라 와라, 드끈.

삼촌은 제집인 양 천연덕스럽게 마루에 걸터앉은 다음, 정주간 앞에 서 있던 재종숙 부부를 향해 손짓했다.

거기도 가만히 서 있지 마랑 이디 와, 와서 앉으라게.

부부는 눈치를 보다 쭈뼛쭈뼛 삼촌 옆에 가 앉았다. 그동안 아버지는 막걸리의 막을 걷어 내고 혼탁한 그것을 주전자에 조금씩 옮겼다. 나는 나지막이 속삭였다.

아버지, 이걸 어떻게 마셔요.

마루에 앉아 손부채질을 하는 삼촌과 그 옆에 멋쩍게 앉아 있는 재종숙 부부를 힐끗대며 아버지는 주술 외듯, 최면 걸듯 중얼댔다.

우리 집 술은 괜찮다. 문제어서.

안주도 없는 술상을 앞에 두고 마루에 마주 앉았다. 성인 다섯이 둘러앉으니 좁은 마루가 꽉 차서 가장자리에 앉은 재종숙 부부는 엉덩이가 마루 밖으로 반쯤 튀어나오게 되었다. 그들은 엉거주춤 불편한 자세로 앉아 종택 이곳저곳을 둘러보았다. 마루 벽에는 옛날 사진이 잔뜩 붙어 있었다. 관복을 입은 큰할아버지의 사진이며 큰할머니의 영정 사진, 아버지와 당숙의 어린 시절 사진, 그리고 당숙과 전 당숙모의 결혼식 사진.

사진 속 당숙모는 제주 사람이었지만, 내가 아는 당숙모는 서울 사람이었다. 사진 속 당숙모는 제주 양씨였고 집안 어른들의 혼담으로 당숙과 맺어졌지만, 내가 아는 당숙모는 이씨—무슨 이씨인지는 몰랐다—였고 지인의 소개로 당숙과 만났다고 들었다. 내가 아는 당숙모를 아버지는 '형수'가 아니라 늘 '새 형수'라고 불렀다. 재서, 종서를 데리고 서른여섯에 당숙과 재혼한 새 형수. 그녀가 육지로 올라가기 전 담근 마지막 가양주를 아버지와 고씨 삼촌은 홀짝홀짝 잘도 펴마시고 있었다. 고약한 냄새가 나는 그것을.

삼촌이 내 잔에 술을 채우며 말했다.

보현이 너는 무사 안 마셤나?

저는 운전해야죠.

어이고. 야야, 한 잔은 아무 충도 안 한다.

가까이서 보니 얼굴이 불과한 것이 어디서 이미 한잔 걸치고 온 듯했다. 삼촌은 죽은 당숙 다음으로 마을 이장을 오래 맡은 사람이었다. 어느 집에 숟가락이 몇 개인지 줄줄 꿰고 있는 사람. 아버지처럼 4·3으로 부모를 잃고, 마을 어른들의 보살핌 속에 겨우 자라 온 사람. 부모가 어떤 참변을 겪었는지 전혀 기억 못 하는 아버지와는 달리 삼촌은 그 모든 것을 생생히 기억하고 있었다. 죽은 사람 시체가 밭이며 논이며 지천으로 널려 있던 것, 대여섯 명의 군인들이 단체로 제 아버지를 돌팔매질한 것, 임신한 어머니를 팽나무에 매달아 죽창으로 찔러 죽인 것…… 그 영향인지 그는 육지 사람들을 달가워하지 않았고, 배타적이기까지 했다. 제주를 배경으로 한 예능 프로그램을 보다가도 '저 빌어먹을 것들 때문에 물 것들이 줄줄이 꼬영으네 이듸 어딜 가나 다 말라 죽일 뭍 것들 집합소여' 소리치곤 했으니까.

삼촌은 고야주를 들이켜며 재종숙 부부의 잔을 살폈다. 술이 잔에 그대로 남아 있었다. 그는 부인에게 말했다.

야이 눈 꽉 감고 마셔 봅서게. 이게 몸에 얼마나 좋은 건디.

부인은 삼촌의 말을 알아듣지 못한 채 멀뚱멀뚱 앉아 있었다.

이듸는 말을 못 해?

삼촌이 부인을 가리키며 물었다. 아버지는 부군에게 들은 부인의 사정을 띄엄띄엄 삼촌에게 설명해 주었다. 러시아 가정에서 자랐으며, 한국말은 못 하고, 매운 음식도 먹지 못하고…… 하는 말들을 두서없이.

게믄 이듸는?

삼촌은 부군을 가리켰다. 아버지는 부군의 사정 역시 설명했다. 부친이 월정리 출신이며 모친은 소련 사람이고…… 그 말을 듣고 삼촌은 고개를 갸웃했다. 그는 나지막이—하지만 모두에게 분명히 들리도록—중얼댔다.

희한하네이. 우리 괸당에 외국 씨는 없는디.

그 말을 뱉으며 삼촌은 부군을 뚫어지게 쳐다보았다. 그는 부부의 기분 따윈 괘념치 않은 채 부인에게 술을 권하고, 부군의 신경을 거스르는 말들을 계속해 뇌까렸다. 외국 씨인데도 한국말을 그럭저럭 한다느니, 가만 보니 코는 백부님과 닮은 것 같기도 하다느니. 부군의 낯빛이 어두워졌다. 자칫 험악하게 흘러갈 수 있던 분위기를 애써 환기시킨 것은 아버지였다. 아버지는 당숙모 이야기로 슬쩍 화제를 돌렸다.

삼춘은 새 형수랑 연락하셔요?

새 형수, 그 말에 삼촌의 눈빛이 달라졌다.

너한티도 안 하는디 나한텐 참 잘도 허켜이.

당숙모의 이야기에 학을 떼면서도 삼촌은 그녀의 사정을 은근히 궁금해했다. 육지에서는 뭘 해 먹으며 살고 있는지, 벌써 새서방 들이지는 않았는지.

안직 재혼 생각은 없나 봐요.

가당치도 않지. 석규 뜬 지 이제 이 년 지나신디.

앞에 앉은 부부는 유념하지 않은 채 그는 기다렸다는 듯 당숙모를 헐뜯기 시작했다. 종부의 역할을 다하지도 않고 떠난 비정한 것이라는 둥, 석규 죽으니까 제 자식 싸매고 서울 가는 거 보라는 둥, 뭍 것들은 다 그렇다는 둥.

보라게, 저 아꼬운 거 버령 훽 가 분 거.

정주간을 가리키며 삼촌은 열변을 토했다. 삼촌은 고야주 전통을 계승하지 못하고 자신의 대에서 저버려야 한다는 것에 무력감을 느끼는 듯했으나, 그 기저에 '돈'이 숨어 있다는 것을 나는 누구보다 잘 알고 있었다.

당숙이 죽기 전 고야주를 상품화시킬 요량으로 이곳저곳에 투자를 받으러 다녔다는 것은 알 만한 궨당은 다 아는 공공연한 사실이었다. 당숙은 개인 사업자를 등록한 뒤, 한산소곡주나 아산연엽주처럼 고야주를 무형 문화재로 올리고 당숙모를 대한민국 식품명인으로 지정하기 위해 애썼다. 쉬운 일은 아니었으나, 당숙의 갖은 노력—뒷돈을 찔러주고, 궨당이란 명분을 앞세우는 등의—으로 사업 준비는 순조롭게 흘러갔다. 그러다 출시만을 남겨 두고 난항을 겪었는데, 당숙모가 '가문의 이름을 걸고 내세우기에 적합한 인물이냐'는 종친회 어른들의 문제 제기 때문이었다. 어른들은 세 가지 이유를 들며 반기를 들었다.

첫째, 대대로 종부는 제주에 본관을 둔 이로 유지되어 왔는데, 저이의 본은 우리와 다르지 않은가.

둘째, 다른 명문가의 뼈대 있는 종부들과 달리 홀아버지 밑에서 자란 저이의 출생은 너무 초라하지 않은가.

셋째, 본처도 아닌 소실을 종부로 앞세우는 것이 과연 옳은가.

그 말에 종서가 발끈했다.

우리 엄마가 소실이라고? 입은 삐뚤어졌어도 말은 바로 해야지. 우리 이 집 들어온 지 이십 년도 넘었어요. 종갓집으로 재혼해 와서 고생만 한 우리 엄마가 왜 소실이야.

종서는 어른들을 향해 냅다 소리쳤다. 어른들이 그 애를 드잡이하며 목소리를 높이고, 그릇이며 컵이 깨지는 가운데, 평소 뇌전증을 앓던 재서가 거품을 물고 발작을 일으켰다. 당숙모는 팔다리를 부르르 떨며 경련을 일으키는 재서의 입에 제 손가락을 물리며 당숙에게 재서 입에 물릴 것 좀 가져와 달라고 외쳤다.

이러다 애 혀 깨물겠어요. 여보! 여보!

그녀의 간곡한 청에도 불구하고 당숙은 그 자리에 멀거니 서서 상황을 관망할 뿐이었다. 제 일이 아니라는 듯, 종친회 어른들과 종서 그리고 재서를 쓱 훑어보다 그는 안방으로 슬그머니 들어가 버렸다.

재서가 턱을 앙다물 때마다 당숙모의 손가락에서 피가 줄줄 새어 나왔다. 당숙을 대신해 아버지가 허겁지겁 찬장에서 무명천을 꺼내 왔다. 당숙모는 그 천을 재서의 입에 물린 뒤, 반쯤 혼이 나간 얼굴로 이렇게 주절댔다. 생전 제주 방언을 쓰지 않던 사람이 뭐에 홀리기라도 한 듯 주절주절.

나 죽어 불민 고씨 집안 귓것이 되어 느네 다 지옥에 빠뜨릴란다. 철퇴로 입을 찢곡, 펄펄 끓는 구리물 귓속에 부어 불곡, 벌겋게 달군 쇠에다 올려……

종친회가 열릴 때마다 고씨 삼촌은 이 이야기를 빠짐없이 화두에 올렸다. 그날도 마찬가지였다. 재종숙 부부를 앞에 두고 그녀에 대한 험담을 멈추지 않았다.

석규가 무사 쓰러져신디? 다 고것들 때문 아니냐.

맞주게. 원체 건강하던 양반이어시난.

맞장구를 치며 아버지는 막걸리를 들이켰다. 아버지는 당숙모와 별 탈 없이 지내던 몇 안 되는 권당이었다. 당숙 몰래 재서와 종서 용돈도 챙겨 주고, 당숙모의 생일에는 그녀가 좋아하는 고구마 케이크까지 사 오며 살뜰히 그들을 챙겼다. 바쁜 당숙을 대신해 재서와 종서의 학교 행사에 참관해 온 것도 아버지였고. 그런 그였지만, 고씨 성을 가진 사촌들 앞에서나 곤란한 상황에서 화제를 돌리고 싶을 때는 여지없이 당숙모를 팔곤 했다. 이제는 종택을 떠난 당숙모의 흉을 보며 권당은 더욱 공고해지고 애틋해졌다.

고씨 삼촌은 내게 보현이 너라도 가양주 사업을 이어 가면 어떻겠냐고 물어 왔다. 집안의 누구라도 그 전통을 이어 가면 참 좋겠다고.

삼춘, 야이거 어떵 합니까. 야이는 박사 아니꽈, 박사.

그런가.

아버지의 첨언에 삼촌은 겸연쩍은 듯 머리를 긁었다.

어디 적임자 어신가.

중얼대며 삼촌은 재종숙 부부에게로 시선을 돌렸다.

이듸는 잔이 여태 그대로네.

삼촌은 한 입만 마시면 술술 들어갈 것이라고, 제주에선 고야주가 앉은뱅이 술로 유명하다며 그들에게 자꾸 술을 권했다. 아버지는 억지로 가양주를 마시려는 부부를 만류하며 그들 몫의 술을 슬그머니 제 잔에 옮겨 담았다. 삼촌이 아버지 손등을 툭 쳤다.

태규 니가 그걸 무사 마시냐. 내가 이듸 마시라고 준 건디.

삼춘도 참…… 이듸는 내일 일정도 있고, 우리 집 술이 좀 셉니까? 이듸는 힘들죠.

답하며 아버지는 두 사람 몫의 술을 힘겹게 넘겼다. 아버지 얼굴이 금세 불그죽죽해졌다.

아이고, 이 두루붕이.

삼촌이 핀잔을 놓았다. 삼촌은 빈 술잔을 가득 채운 뒤 부부 앞에 다시 내려놓았다.

경행 자네들은 제주에 무사 온 거라?

다른 곳도 아니고 왜 볼 것도 없는 월정리까지 놀러 왔느냐고 삼촌은 의심스럽다는 듯 눈을 흘겼다. 삼촌은 중국인들이 애월이나

중문의 부동산을 매수한 것을 예로 들며 '혹시 딴 주머니 차래 온 거 아니냐'고 되물었다. 내가 듣기에도 선을 넘은 질문이었다. 부부를 대신해 아버지가 손을 내저으며 설명했다.

아이고, 삼춘. 그냥 관광하러 온 거래요. 이듸 아방이 여기 사람이래잖아요.

맞지? 하는 얼굴로 아버지는 부부를 쳐다보았다. 부부는 아무 말도 하지 않았다. 묘한 기류가 흘렀다. 재종숙 부군이 잔에 담긴 술을 단숨에 들이켰다. 술잔을 바닥에 내려놓으며 그는 말했다.

실은 우리…… 묻으러 왔습니다.

묻어? 뭘?

부군은 잠시 머뭇거리다 뼈, 하고 대답했다. 그리고 덧붙였다.

우리 아바이 뼈를 묻으러 왔습니다.

부군은 연거푸 술을 들이켠 뒤, 떠듬떠듬 사정을 설명했다.

우리 아바이 유언입니다. 고향 땅에 뼈를 묻어 달라는 것이.

그는 말했다. 북카자흐스탄에 아버지와 형제들의 유골이 매장되어 있다고. 일생 동안 고향을 그리워하던 그들을 위해 고심하다 시신을 본국으로 운구할 계획을 세웠고, 이곳저곳에 알아보다 종국엔 대사관에까지 연락을 취했다고.

한데 스포소프 없다고만 하는 겝니다. 방법이 없다고.

지금으로선 방법이 없다고 일관하는 주재원과 어언 두 달간 실랑이를 벌인 끝에 부군은 시신 운구를 하기 위해선 총 네 가지 서류를 준비해야 한다는 대답을 듣게 되었다.

사망 증명서, 방부 처리 확인서, 본국 이전 신청서, 신분 확인 서류.

어찌저찌 사망 증명서와 방부 처리 확인서는 준비되었고, 본국 이전 신청서까지 작성했으나 문제는 신분 확인 서류였다. 시신을 본국에 운구하기 위해서는 재외 동포 비자가 필요했다. 중앙아시아 출신 고려인이 재외 동포 비자를 받기 위해서는 일정 자격 요건이 필요했는데, 농사를 짓는 부부에게는 해당 사항이 없었다. 단기 비자인 방문 취업 비자로는 시신 운구가 불가했고.

게서 알아보았더니 하나 방법이 있긴 했는데……

한국에 방문 취업 비자를 신청하고 인구 이만 이상의 소도시에서 일 년 넘게 근무하는 것. 부부가 재외 동포 비자를 발급받을 수 있는 방법은 오직 그것뿐이었다. 평생 카자흐스탄에서 살아온 그들로서는 결정을 내리기가 쉽지 않았으나, 재외 동포 비자를 받을 자격이 갖추어지면 자녀들까지도 비자를 발급받을 수 있다는 말에 고심하다 한국행을 결심하게 되었다고 했다. 기왕 간다면 아버지의 고향인 제주로 가는 게 좋지 않을까 생각하며.

그렇게 비행기 티켓을 예매하고 짐까지 다 싸 놓았는데, 한국에 먼저 터를 잡은 고려인 친구로부터 전화가 걸려 왔다. 그는 이렇게 전했다. 여기는 취업 질서 유지를 위해 고려인들의 단순 노무직 취업을 금하고 있어 공장에 들어가거나 막일을 해서는 결코 비자를 받을 수 없다, 재외 동포 비자를 발급받으려는 이들은 대개 대학에 입학하거나 지인의 사업장에서 일한다, 너 역시 그렇게 해야 할 것이다.

거기까지 이야기한 뒤 부군은 입을 다물었다. 삼촌이 잔을 탁 소리 나게 내려놓았다.

경행 뭐마씨?

삼촌은 말을 이었다.

경행 말하고종 헌 게 뭔데마씨?

삼촌의 말에 부군은 우물쭈물 답했다.

……우리가 하면 아이 됩니까?

뭘?

부군은 술잔을 가리켰다.

아까 술 사업 하신다고…… 그거 우리가 하면 아이 됩니까?

부군의 눈꺼풀이 파르르 떨렸다. 부인은 고개를 숙인 채 입술을 뜯고 있었다. 골이 지끈댔다. 이게 무슨 상황이지. 무슨 일인지 파악하기도 전에 삼촌이 먼저 나섰다.

이 사람 이거 드렁청한 소리 하네.

삼촌은 침을 튀겨 가며 가양주 빚는 게 개나 소나 할 정도로 만만히 볼 일이 아니다, 그만한 자격이 되는 사람만 할 수 있는 일이다, 언성을 높였다. 평소라면 그보다는 유하게 상황이 흘러갔을 테지만, 모두가 취해 있었다. 삼촌은 금세 격앙되었다.

우리가 이모저모 얘기하니까 이게 맘만 먹으면 딱딱 되는 일이카 부댄 생각하는 거 닮은디. 자격 갖추젠 허민 것도 쉬운 거시 아녀, 쉬운 거시.

자격. 그 말에 삼촌은 유달리 힘을 실었다. 내가 한 말도 아닌데 공연히 죄책감이 느껴졌다. 나는 부부를 곁눈질했다. 부군은 물론이고, 부인마저도 삼촌이 하는 말을 전부 알아들은 듯 표정이 굳어 있었다. 부부의 기분 따윈 헤아리지도 않은 채 삼촌은 계속해 말을 이었다.

그리고 우리가 자네들 무신 거 믿엉 도와주나? 신용도 어신 사람들을? 응?

그 말에 부군이 힘겹게 답했다.

씨먀 아입니까, 우리.

씨먀. 나는 그게 무슨 뜻인지 알고 있었다. 그건 우리 식구가, 더 나아가 이 마을 사람들이 가장 빈번히 사용하고 정답게 여기는 말이었다. 애정과 약간의 미움, 끈적끈적한 정이 뒤섞인 말. 그렇게 숱하게 쓰던 말인데도 왜인지 부군의 입에서 나온 그 말이 너무나 낯설게 느껴졌다. 해서는 안 될 말처럼 여겨졌다. 안절부절못하며 나는 삼촌과 아버지를 번갈아 보았다. 애초에 붉었던 삼촌의 얼굴은 점점 벌겋게 달아오르고, 아버지의 얼굴은 하얗게 질려 갔다. 부군은 부인을 가리키며 말했다. 이 사람도 술을 빚을 줄 안다고, 자격은 안 되지만 가르쳐 주신다면 우리도 금방 따라 할 수 있을 거라고, 우리가 기댈 곳이라곤 씨먀뿐이라고.

그때까지도 나는 알지 못했다. 부군이 삼촌과 아버지를 향해 무릎까지 꿇을 줄, 부인이 그 곁에서 서툰 한국어로 형님, 조카 불러 가며 빌게 될 줄, 삼촌이 노발대발하며 기어이 고야주가 든 잔을 엎는 순간, 아버지가 이때까지 마신 술을 전부 게워 낼 줄을.

돌아가는 차 안에선 약속이라도 한 것처럼 누구도 입을 떼지 않았다. 아버지는 시트를 약간 뒤로 젖힌 채 누워 있었고, 부부는 대화 없이 창밖을 내다보고 있었다. 내비게이션의 종착지는 김녕해수욕장 근처의 게스트 하우스였다. 십이 인 혼성 도미토리, 부부가 이틀 동안 묵을 곳이었다.

두당 만 원 합디다. 사진으로 보이 두 밤 자기엔 퍽 널널한 것 같고.

나도 그런 식으로 운영되는 게스트 하우스에 묵어 본 적이 있었다. 내가 묵었던 곳은 육 인실이었다. 이층 침대가 한 뼘 간격으로 다닥다닥 붙은 좁은 방, 물때 낀 공용 욕실, 향신료와 나프탈렌 냄새. 여러모로 쾌적한 환경은 아니었다. 한데 십이 인 도미토리라니. 룸 미러로 뒷좌석을 힐끗댔다. 부부는 서로 다른 쪽으로 고개를 돌린 채 생각에 잠겨 있었다. 괜찮으시다면 우리 집에서 지내시겠냐고 청하려다 도로 삼켰다. 선뜻 입이 떨어지지 않았다. 하룻밤이면 몰라도 이틀은…… 이틀은 어렵지 않을까. 나는 아버지 쪽을 힐끔 보았다. 아버지는 팔짱을 낀 채 눈을 꾹 감고 있었다. 나는 생각했다. 이틀이 사흘 되고, 일주일이 되고, 한 달이 될 수도 있다고. 그건 나뿐 아니라 아버지에게도 괴로운 일일 거라고. 그렇다고, 그럴 거라고.

목적지에 도착했다는 알림이 울리는데도 아버지는 좀처럼 일어나지 않았다. 흔들어 깨워도 마찬가지여서 작별 인사는 나 혼자 하게 되었다.

짐을 숙소 안까지 옮겨 주겠다는 내 청을 부부는 끝내 거절했다. 내가 들기에 무거울 거라고, 자신들의 팔뚝은 농사로 다져져 튼튼하다며 웃어 보였다. 짧은 작별 인사를 하는 내내 그들은 조수석 쪽을 살폈다. 짙은 선팅 때문에 차 안이 잘 보이지 않았다. 등받이를 젖힌 채 누워 있는 아버지의 실루엣만 언뜻 보일 뿐이었다.

나는 부부에게 묵례를 했다. 그들을 지칭할 만한 호칭이 여전히 애매해 그것을 생략한 채 그저 남은 여행을 잘 즐기시라고, 정말 죄송하고 면목이 없다고 말했다. 부군은 별다른 말을 보태지도, 연락처를 물어보지도, 아버지나 고씨 삼촌에게 하듯 간곡한 부탁을 하지도 않았다. 그저 조카도 몸 잘 챙기라며 처음 만났을 때와 같이 내 손을 꼭 쥐었다. 뜨끈하고 조금은 축축한 손.

부인 역시 내 손을 쥐며 말했다.

프라샤이, 조카.

내가 시동을 걸고 차를 돌리는 동안에도 부부는 그 자리에 멀거니 서 있었다. 천천히 액셀을 밟으며 사이드 미러에 비친 부부를 바라보았다. 그들은 작아지고 작아지다 결국엔 시야에서 멀어졌다. 포장이 안 된 비좁은 골목을 지나며 나는 그 '조카'라는 말을 곱씹었다. 부인이 이번 여행에서 익힌 유일한 한국말이, 부군이 흐뭇하게 되뇌던 단어가 하필 조카라는 것이, 그것을 가르쳐 준 사람이 다름 아닌 나라는 것이 내내 신경 쓰였다. 차라리 다른 단어였다면 어땠을까. 소라나 메밀, 복사뼈나 투명하다 같은 무해하고 휘발되기 쉬운 단어였다면. 그랬다면.

차가 김녕해수욕장을 완전히 벗어나 대로에 접어들 무렵, 자는 줄 알았던 아버지가 말을 걸었다.

잘 보냈냐.

그렇다고 답하는 내게 아버지는 조용히 말했다.

보현아, 삼춘을 너무 야박하게는 생각 말어라. 본래 그런 양반이 아니시잖냐. 궨당 일이 얽혀서…… 궨당 일 땜에 그런 것 아니냐……

머릿속에서 이런저런 말들이 맴돌았지만 어떤 말도 함부로 꺼낼 수 없었다. 해안 도로를 거슬러 가며 나는 생각했다. 왜 부부를 재종 숙부나 숙모가 아닌 재종숙 부군과 부인이라는 기묘한 호칭으로 일컬었는지, 고씨 삼촌과 아버지가 벌인 일들에 왜 내가 더 긴장하고 송구스러워했는지, 왜 우리는 누군가에겐 관대하면서도 누군가에겐 한없이 매정해질 수밖에 없는지를.

차창 밖을 내다보았다. 그렇게 많은 일이 있었는데도 여전히 한낮이었다.

조해진

2004년 『문예중앙』 신인문학상을 수상하며 작품 활동을 시작했다.
소설집 『천사들의 도시』, 『빛의 호위』, 장편 소설 『로기완을 만났다』,
『단순한 진심』 등을 썼다. 신동엽문학상, 이효석문학상, 김용익소설문학상,
백신애문학상, 형평문학상, 대산문학상, 김만중문학상 등을 받았다.

문주

비틀거리며 철로를 향해 걸어갔다. 구두가 안전선을 넘으면서 발바닥의 절반 이상이 플랫폼 밖으로 밀려 나가게 되었다. 언뜻 뒤를 돌아보니 서영은 장비를 점검하는지 카메라에 얼굴을 파묻고 있었고, 조명 판을 들고 온 서영의 후배는 무슨 노래인가를 흥얼거리며 철로의 끝을 바라보고 있었다. 나는 문주,라고 적힌 골판지를 들고 플랫폼에서 철로로 훌쩍 뛰어내렸다. 플랫폼에 드문드문 서 있던 사람들이 의아한 눈길을 보내왔고, 뒤늦게 상황을 파악한 서영과 서영의 후배는 내 쪽으로 허둥대며 달려왔다. 괜찮아. 나는 다음 기차의 도착 예정 시간을 알리는 전광판을 가리키며 그들에게 말했다.

—괜찮으니 지금 찍어, 어서.

어리둥절한 얼굴로 전광판과 나를 번갈아 보던 서영이 이내 무언가를 감지한 듯 철로를 향해 카메라를 들이밀자 서영의 후배도 조명 판을 번쩍 들어 올렸다. 그들의 눈에도 플랫폼보다는 철로가 영화의 오프닝 신에 더 적합한 공간으로 비쳤을 것이다. 고향과 국적과 주소가 모두 다른 나라로 기록되는 떠돌이와 안정성이 보장되지 않는 철로가 묘하게 어울린다는 것을 모를 수는 없는 것이다. 게다가 영화의 주인공인 떠돌이에게 철로는 근원에 맞닿은 대체 불가의 공간이기도 하다.

실제로 여섯 살의 내가 발견된 곳은 플랫폼이 아니라 철로였다. 철로를 따라 걷던 위태로운 여자아이를 발견한 기관사는 있는 힘껏 감속 레버를 당겨 급하게 기차를 세웠다. 역에서 그리 멀지 않은 철로였으므로 기차엔 아직 속도가 붙기 전이었다. 그대로 운전석에서 뛰어 내려온 젊은 기관사는 기차의 급정거 소리에 놀라 주저앉은 채 울부짖던 여자아이를 끌어안았다. 내게 '문주'라는 이름을 지어 준 뒤 서울 근교의 고아원에 맡긴 사람도 그 기관사였다. 나무 냄새, 생과자의 설탕 맛, 부드러운 손바닥과 단단한 등뼈의 감촉, 그는 내게 이름이나 얼굴이 아니라 그렇듯 몇 개의 조각난 감각으로 남아 있다.

철로를 지나가는 여름의 바람에서 떫은 풀 냄새가 났다.

청량리역에서 오프닝 신 촬영을 마무리하고 역을 빠져나오는 내내 서영은 흡족한 표정을 짓고 있었다. 중학생처럼 보이지만 알이 두꺼운 안경을 벗으면 잠시나마 이십 대 성인 여자의 눈빛을 읽을 수 있는 서영의 후배는 영화관에서 티켓팅 아르바이트가 있다며 지하철을 타고 먼저 떠났다. 서영과 그 후배는 예술 대학에서

영화를 전공할 때부터 서로의 작업을 도와 왔다고 했다. 둘 중 한 사람이 감독을 맡으면 다른 한 사람은 스태프가 되는 방식으로, 그러니까 앙리와 그의 친구들처럼…… 서영과 나는 어느 나라에나 있는 영화인들의 소규모 작업 공동체에 대해 이야기를 나누며 서촌으로 가는 버스를 탔다. 서촌에는 서영의 직장이자 작업실 역할을 하는 커피숍이 있었다. 서영은 그 서촌의 작은 커피숍에서 일주일에 세 번씩 일을 했고 일을 하지 않는 날에도 수시로 들러 시나리오를 쓰거나 촬영 콘티를 짰다.

―'문'에 해당하는 한자는 백 자가 넘고 '주'는 이백 자가 넘어요. 그러니 문과 주가 조합될 가능성은 이만 개 이상인 거죠. 물론 메추라기 새끼를 뜻하는 문鳼이라든지 소가 헐떡이는 소리를 의미하는 주犨처럼 잘 쓰지 않는 한자를 빼면 경우의 수는 확 줄긴 하지만요.

커피숍에 도착하자마자 드립 커피 한 잔을 만들어 내게 내밀며 서영이 말했다. 나는 음료를 준비하는 공간과 ㄴ 자 모양으로 연결된 바에 앉아 상판 위에 문주, 문주, 문주, 손가락으로 쓰면서 이만 개의 각기 다른 모양의 집들을 상상해 보았다. 사실 오랫동안 내게 문주의 의미는 문기둥이었다. 대학 시절, 사 년 가까이 나와 언어 교환 수업을 했던 한국인 유학생이 표준국어대사전에 나와 있다며 알려 준 그 의미를 한 번도 의심하지 않았던 것이다. 어쩌면 문기둥이 마음에 들어서였는지도 모르겠다. 지붕을 떠받쳐 주는 뿌리이자 건축물의 무게 중심이 되는 문기둥은 내 삶과 가장 먼

곳에 있는 유적지 같았다. 마음에 들지 않을 수 없었다. 표준국어대사전 속 문주 카테고리에 문기둥 외에 또 다른 의미가 등록되어 있다는 건 서영을 만난 뒤에야 알게 되었다.

먼지.

일주일 전, 공항에서 처음 만난 서영은 문기둥에 대한 이야기를 듣자마자 휴대 전화를 꺼내 사전을 찾아보더니 그렇게 일러 주었다. 한국의 동북 지역에서 문주는 먼지에 해당하는 사투리였던 것이다. 그날 공항 철도를 타고 서울역 쪽으로 오면서 나는 먼지가 문주의 진짜 의미 같다는 생각에서 헤어 나올 수 없었다. 한곳에 정주하는 일 없이 작은 바람에도 속절없이 흩날리는 먼지처럼 나는 살아왔으니까. 어쩌면 그 기관사는 내가 기억하는 겉모습과 달리 속내는 가혹한 사람이었을지 모른다는 과장된 배신감도 뒤따랐다. 철로 같은 곳에 버려진 아이라면 그 어디에도 흔적을 남기지 않고 사라지는 게 마땅하다고 그는 여겼을 수도 있으므로, 모든 생명체가 소멸하기 직전 마지막으로 존재하는 형태는 먼지일 테니까. 공항 철도 차창 밖으로 흘러가는 풍경은 인천과 서울에 걸쳐 있는 선명한 여름의 일부였는데도, 내 머릿속에선 유해한 먼지만 뿌옇게 내려앉은 텅 빈 도시가 허상처럼 세워졌다 무너지길 반복하고 있었다.

—잊어버려요. 사람 이름에 먼지를 갖다 붙이는 것도 상식적이지 않고, 게다가 그 기관사가 동북 지역 출신일 가능성이 얼마나 되겠어요?

아무래도 먼지인 것 같다고 내가 다시 말을 꺼내자 서영이 조금은 강경한 말투로 대답했다. 그래 네가 옳아, 이 나라에선 언제나 네가 옳아, 생각하며 나는 서영에게서 받은 커피를 한 모금 마신 뒤 의자에서 일어났다. 내일은 내가 이 년 가까이 위탁되었던 고아원을 찾아가기로 서영과 약속이 되어 있었다. 베로니카 수녀. 그녀는 이제 그 수녀원에 적을 두고 있지 않았지만 서영은 직접 고아원을 찾아가서 정면으로 부딪히면 그녀와 접촉할 수 있는 기회가 주어질 거라고 기대하는 듯했다.

커피숍을 나와 나의 임시 거주지 쪽으로 나는 걸었다. 출연료는 줄 수 없지만 영화가 촬영되는 동안 숙박은 해결해 줄 수 있다고, 두 달여 전 내게 보내온 이메일에 서영은 썼다. 그 숙박 가능한 곳은 바로 서영의 자취 집이었다. 서영은 독일에서 극작가로 활동하는 한국계 프랑스인이라는 내 특이한 이력을 취재한 기사를 읽은 뒤, 저는 그저 한때의 영화학도로서 당신에 대한 다큐멘터리 형식의 단편 영화를 찍고 싶은 것뿐이에요,라고 용감하게 이메일에 썼다. 집이니까요. 이 문장으로 시작되는 그녀의 두 번째 이메일은 첫 번째보다 더 강렬한 인상을 남겼다. 왜 떠돌이의 이름 같은 것에 관심을 갖게 됐느냐고 묻는 내 질문에 대한 그녀의 답장이었다. 이름은 우리의 정체성이랄지 존재감이 거주하는 집이라고 생각해요. 여긴 뭐든지 너무 빨리 잊고, 저는 이름 하나라도 제대로 기억하는 것이 사라진 세계에 대한 예의라고 믿습니다. 그 두 번째 이메일에 내 마음이 움직인 건 맞지만, 사실 나는 그녀에게서 처음 이메일을 받았을 때부터 그녀의 제안에 매혹되어 있었다. 숙박비 걱정 없이 한국에서 한 달 가까이 시간을 보낸다는 건 이상적인 휴가 계획 같았고, 내 오래전 이름의 의미를 추적해 가는 영화의 내용도 흥미로웠다. 무엇보다 영화를 찍는 동안 그 기관사를 만날 수 있을지 모른다는 기대감은 일이 손에 잡히지 않을 만큼 나를 압도하곤 했다. 내가 한 달 정도 머물렀던 그의 집에 한 번만이라도 다시 가 볼 수 있다면 어떤 대가라도 치를 의향이 있었다. 결국 나는 한국행 비행기에 몸을 싣게 되었고 서영의 집은 나의 임시 거주지가 되었다. 내가 서영의 집에서 지내는 동안 서영은 자취하는 친구들에게 번갈아 가며 신세를 질 거라고 했다.

서영의 집 앞에 도착했다.

가파른 오르막길 끝에 있는 허름한 건물, 복희식당의 위층, 건물 외부에 설치된 낡은 계단을 통해 올라가야 하는 허공의 은신처, 그래서 때때로 그 외부 계단들이 이 세계를 빠져나가는 통로처럼 느껴지는 곳…… 오늘도 복희식당엔 손님이 없었고, 노파는 반쯤 입을 벌린 채 뒷면이 불룩한 구형 텔레비전을 올려다보고 있었다. 복희식당은 서영이 이사 올 때부터 건물 1층을 차지하고 있었는데, 그때도 손님은 거의 들지 않았다고 서영은 내게 말한 적이 있었다. 식당이 그리 위생적으로 보이지 않는 데다 음식이 대체로 짜서이기도 했지만, 그보다는 신경질적이고 불친절한 노파의 성격 탓일 거라고 서영은 추측했다. 나 역시 복희식당에서 식사를 한 적은 아직 한 번도 없었다. 서영이 들려준 이야기 때문만은 아니었다. 내가 가장 두려워하는 노년의 모습이 노파에게는 있었다. 관성이 되어 버린 외로움과 세상을 향한 차가운 분노, 그런 것을 꾸부정하게 굽은 몸과 탁한 낯빛에 고스란히 담고 있는 모습. 나는 타인을 보며 그런 식으로 세상으로부터 버려지는 나의 미래를 연상하고 싶지 않았다. 복희는 누군가의 이름일까, 궁금한 적도 있었지만 그것을 알아내기 위해 굳이 노파와 사적인 대화를 나눌 마음은 없었다. 계단 끝에서 서영이 맞춰 준 복사 열쇠를 꺼내 현관문을 열며, 간판에 기록된 이름 복희, 나는 뜻 없이 속삭였다.

등 뒤에서 현관문이 닫힌 순간 시야가 깜깜해졌다. 센서 등은 고장 나 있었고 외출 전에 커튼을 모두 내려놓은 탓에 외부의 빛은 한 줄도 들어오지 않았다. 나는 다음 대사와 액션을 지시받지 못한 배우처럼 짙은 어둠을 응시하며 그저 우두커니 서 있었다. 앙리가 그토록 탐닉했던 스크린의 바깥이 이런 곳이 아닐까, 생각하니 방금 전 내 손으로 문을 닫은 등 뒤의 세계가 낯설게 느껴졌다. 하긴, 문밖의 세계란 언제나 평면으로 펼쳐진 사각형으로 정형화되어 기억되는 곳이었다.

열두 살에 부모를 따라 처음으로 영화관에 갔던 앙리를 매혹한 건 스크린에 영사되는 빛의 장면이 아니라 배우가 스크린 밖으로 사라지는 단절의 순간이었다. 그는, 혹은 그녀는 어디로 갔는가.

대체 어디에서 시나리오에는 없는 미정未定의 삶을 살아가고 있는 것인가. 영화가 상영되는 동안 앙리는 끊임없이 스크린의 바깥을 상상했다. 스크린과 평행을 이루며 존재하지만 증명되지는 않는 곳, 카메라의 욕망이 은닉된 공간이자 영원히 미완으로 남는 무한의 영토…… 앙리에게는 영화를 볼 때마다 스크린의 바깥에서 작동하는 또 다른 이야기를 만드는 습관이 생겼고 그 습관은 자연스럽게 영화감독이 되고 싶다는 열망으로 이어졌다.

순탄하지는 않았다. 아니, 절대적으로 그는 불운했다. 그는 가난했고 대학에서 영화를 공부하지 못했으며 그의 시나리오는 투자자들의 관심을 끌지 못했다. 딱 한 번, 유명 배우가 앙리의 영화에 출연한다는 소식에 투자를 받은 적도 있었지만 나중에 그 배우가 결정을 번복하면서 투자금이 회수되는 아픔을 겪기도 했다. 앙리의 영화들 중에서 정식으로 극장에 걸린 작품은 단 한 편도 없었다. 내가 가족의 일원이 되고 리사가 복용하던 약값이 오르면서는 작업 공동체 안에서 소규모 영화를 제작하는 것조차 힘들게 되었다. 마트 계산원, 빌딩 청소부, 세탁소 관리인, 그는 닥치는 대로 일했고 영화로부터 점점 멀어져 갔다.

서영의 집은 여전히 깜깜했다.

어둠을 헤치며 안쪽으로 들어가 스위치를 올려 봤지만 형광등은 켜지지 않았다. 정전일 수도 있고 며칠 전부터 자주 깜빡거리던 형광등의 물리적인 결함 때문인지도 몰랐다. 휴대 전화 조명에 의지해 양초를 찾다가 이내 포기했다. 방 하나에 주방과 화장실이

딸려 있는 서영의 집은 먹고 자고 씻고 배설하는 데 필요한 생필품만으로도 비좁았다. 양초처럼 비상시를 위한 사물이 있을 것 같지 않았다.

지갑과 열쇠를 챙겨 서영의 집에서 나왔다. 정전은 국소적으로 발생했는지 서영의 집을 중심으로 주변의 몇몇 창문들만 어두울 뿐, 멀리 보이는 대로 쪽은 밤의 조명을 안전하게 품고 있었다. 손으로 난간을 확인하며 계단을 내려가자 복희식당 유리문에 어른거리는 희미한 빛이 눈길을 끌었다. 노파는 양초가 놓인 테이블 앞에 앉아 있었고, 벽에는 노파보다 세 배 정도 큰 그림자가 근심 많은 자세로 그런 노파를 내려다보고 있었다. 그 풍경에서 나는 좀처럼 시선을 거둘 수가 없었다. 식당 안의 촛불은 마치 플래시백을 위한 도구인 양 크고 작은 빛으로 조금씩 번져 가더니 어느새 내 기억의 내부를 훤히 밝히기 시작했다.

빛, 빛들. 그건 케이크 위에서 어른거리는 여러 개의 촛불이었다. 누군가 그 케이크를 들고 어둑한 병실 안으로 들어서자 사람들은 일제히 박수를 치며 생일 축하 노래를 합창했다. 앙리가 쉰여덟 살이 되는 날이었고, 동시에 더 이상의 연명 치료를 거부한 채 퇴원을 하루 앞둔 날이기도 했다. 대다수가 무명의 영화감독이었던 앙리의 친구들은 다양한 동물 모양의 풍선들 아래서 맥주를 마시며 근황을 이야기하거나 농담을 나눴지만 영원한 이별을 전제로 한 파티는 내내 침울했다. 나나…… 파티가 끝나 갈 무렵, 휠체어에 앉아 있던 앙리가 나를 불렀다.

—나나, 내가 마지막으로 찍고 싶었던 영화에 대해, 혹시 알고 싶니?

앙리 곁에 다가가 앉자 앙리는 그렇게 물었고 알고 싶어, 나는 대답했다. 앙리의 유언이 곧 시작될 터였다. 저만치서 리사는 홀로 빛을 잃은 채 사람들 사이에 서 있었다. 편집 기술로 일부러 컬러를 뺀 흑백의 배우처럼 보였지만, 어쩌면 그 순간 그녀는 단지 누군가 벗어 놓은 그림자였는지도 모른다. 이야기를 모두 마친 앙리가 한 손을 뻗어 내 뺨을 어루만졌다. 부서져 파편으로 흩어져 있던 내 존재를 원래의 모양으로 복원하여 끌어안는 손길이었다. 나는 새끼 고양이처럼 눈을 감은 채 한참 동안 그 손바닥에 얼굴을 부볐다.

다음 날 앙리는 리사와 함께 자신의 고향으로 여행을 떠났고, 그곳에서 한 달을 살다가 죽었다.

앙리는 죽었다. 앙리는 죽었고, 그것은 인생의 막 하나가 끝났다는 걸 의미했다. 내게는 2막이었고, 리사에게는 3막이거나 4막일 터였다. 장례식을 마친 뒤, 리사는 앙리의 고향이자 그와의 마지막 여행지였던 프랑스 남부의 작은 도시에서 아예 정착하여 살기 시작했다. 지난 십 년 동안, 리사는 알프스산맥 끝자락에 둘러싸인 그 목가적인 도시를 한 번도 벗어나지 않았다. 새로운 직장이 된 보건소에서 청소와 세탁 같은 허드렛일을 마치고 나면 단골 식당—그 식당은 앙리가 고향을 떠나오기 전까지 서빙 직원으로 일했던 곳이었다—에서 저녁을 먹은 뒤 귀가하는 단조로운 일상의 연속이지만 정념이나 신과 싸우지 않아도 되어 편하다고, 언젠가 리사는 엽서에 썼다. 나는 종종, 그녀가 거의 매일 들른다는 그 단골 식당을 머릿속으로 그려 보곤 한다. 길모퉁이에 있는 식당, 거구의 외로운 여자가 들어가면 그제야 조립품처럼 완전해지는 공간, 그곳에 앉아서 식사를 하는 동안엔 어디로든 그녀를 데려갈 수 있는 이 세계의 반짝이는 작은 조각……

나는 충동적으로 복희식당 문을 열고 안으로 들어갔다. 커다란 그림자의 보호를 받으며 일렁이는 촛불 앞에서 따뜻한 음식을 먹고 싶다는 단순한 마음뿐이었다. 짤랑, 하는 방울 소리에 노파가 뒤를 돌아봤다.

내가 살아 보지 못한 삶이 이곳에 그대로 남아 있을 거라는 상상을 자주 했다. 여섯 살의 문주가 서른일곱 살이 될 때까지 한국의 어딘가에서 살고 있을지 모른다는 그 상상이 나는 좋았다. 한국에서 문주는 어떤 여자가 되었을까. 무슨 일을 하고 누구와 사랑을 했을까. 나나와는 다른 방식으로 살아갔겠지만 나나의 삶과 일치하는 장면들도 있을 터였다. 가령 문주도 나처럼 등 푸른 생선을 먹으면 배탈이 날 것이고 정면이 아니라 바닥을 보며 걷는 습관을 갖고 있을 거였다. 녹슨 반지라든지 찢어진 티셔츠 같은 것도 쉽게 버리지 못하여 집 안은 늘 쓸모없는 사물들로 어질러져 있을 게 분명하고 책상에는 읽다 만 책들이 몇 권씩 쌓여 있기도 할 것이다. 뒤로 갈수록 고음이 되는 특유의 웃음소리, 둥글고 작아지는 절망의 자세, 기차 바퀴 소리가 이명처럼 귓가를 에워싸면 차가운 침묵 속에서 하염없이 걷는 습관, 그 모든 건 문주에게서도 발견될 수밖에 없는 것이다. 가상의 문주는 내게, 내 삶의 바깥에 던져진 미지의 존재이면서 동시에 또 다른 나였다.

베로니카 수녀는 서영과 내가 예상했던 것보다 더 먼 곳에 거주하고 있었다. 그녀는 삼 년 전부터 가톨릭 재단이 운영하는 요양원에서 우울증을 동반한 치매 치료를 받고 있었다. 베로니카의 후임으로 원장 수녀가 된 젬마는 그 소동이 있기 전까지 아무도 그녀의 병을 알지 못했다고 말했다. 단 한 번도 제대로 드러난 적 없는 그 병의 증세는 어느 평범한 밤에 폭발하듯 분출됐다. 그날, 베로니카는 방 안의 모든 성물聖物을 부수고 깨뜨린 뒤 그 파편 하나를 집어 자신의 팔뚝과 허벅지를 그었다.

주님! 젬마가 말하는 동안 내 귓가에선 리사의 외침이 여러 번 파동을 일으켰다. 서영의 카메라에는 담기지 못할 사운드였다. 앙리의 온몸에 퍼진 암세포를 의학적으로는 제거할 수 없다는 의사의 판명을 들은 날, 술에 취해 귀가한 리사는 옷장과 냉장고와 욕실 문을 차례로 열어젖히고는 그 안에 대고 목에 핏줄이 돋도록 외쳐 댔다. 당신은 개새끼입니까, 주님!

앙리는 병원에 있었으므로 그 장면의 목격자는 오직 나뿐이었다. 꼭 필요한 말 이외에는 목소리를 내는 일이 거의 없고 어디에 있든 꾸부정한 자세를 좀처럼 풀지 않던 리사가 그날처럼 광포한 모습을 보인 적은 없었다. 문주와 나나 같다,라고 나는 생각했다. 교묘하게 잘 감추어져 있었으나 어느 순간 일상을 찢으며 표출될 수밖에 없었던 베로니카와 리사의 그 외로운 분투는 보이지 않는 거울 앞에 마주 서 있는 두 개의 상像처럼 닮아 있었던 것이다. 무력한 방관자에 지나지 않는 신 앞에서는 공허한 협박이 되고 마는 고통의 몸짓들……

리사가 베로니카와 달리 막다른 곳까지 내몰리지 않은 건, 아이러니하게도 다시 앙리 때문이었을 것이다. 190센티미터에 육박하는 큰 키, 매끄러운 곡선을 찾을 수 없는 몸의 실루엣, 굵은 골격과 거친 목소리, 사람들은 리사를 소인국에 던져진 거인 취급했지만 앙리는 리사를 어깨 위의 작은 새처럼 늘 조심해서 대했다. 리사는 그 기억이 있기에 4막, 혹은 5막의 인생을 다시 시작할 수 있었다고 나는 믿는다.

—그분은 어쩌면 정문주 씨를 다시 데려가려고 했는지도 모르겠어요.

고아원에 남아 있던 내 서류—서류에는 고아원에서 새로 지어준 이름인 박에스더로 나의 신체 치수와 성향과 입양 번호가 기록되어 있었다—를 들여다보고 있는 내게 젬마가 말했다. 나는 서류에서 시선을 떼고 아연히 그녀를 건너다봤다.

—정문주 씨를 발견한 분 말이에요. 길에서 울고 있는 아이를 발견하면 경찰서에 신고를 하든지 가까운 아동 보호소에 데리고

가지, 이름을 지어 주고 임시 보호를 자처하는 경우는 거의 없죠. 그 행동은 나중에라도 정문주 씨를 책임지려 했다는 의도로 해석해도 되지 않을까요? 그렇다면 그분은 정씨일 확률이 높겠죠.

나는 멍한 얼굴로 가만히 고개만 끄덕였다. 고아원 신은 아마도 고개를 끄덕이는 내 얼굴을 클로즈업하며 페이드아웃 될 터였다. 서영의 카메라가 내 얼굴에 앵글을 맞춘 채 줌인 기능을 최대치로 끌어 올리는 것이 느껴졌다.

고아원을 나온 서영과 서영의 후배, 그리고 나는 고아원 근처 버스 정류장 쪽으로 터벅터벅 걸어갔다. 후배가 가져온, 끝에 털실 같은 것이 덥수룩하게 달려 있는 붐마이크는 장대처럼 길고 접히지도 않아서 마치 이상한 가발을 쓰고 우리 세 사람을 따라오는 과묵한 동행자 같았다. 서영이 생뚱맞게 웬 붐 마이크를 가져왔느냐고 묻자 후배는 아침에 촬영 도구 대여점에서 고가의 붐 마이크를 발견하고는 앞뒤 가리지 않고 집어 왔다고, 붐 마이크가 필요한 야외 촬영이 없다는 것까지 생각할 겨를이 없었다고, 평소의 그녀답지 않게 뭔가 억울하고 심통이 난 표정으로 길게 이야기했다. 침울한 분위기를 헤아리고 장난스럽게 이야기한 것이겠지만 서영과 나는 밝게 웃어 주지 못했다.

서촌에 온 건 오후 세 시가 다 되어서였다. 다음 촬영 약속을 잡지 않은 채 우리는 커피숍 앞에서 헤어졌다. 서영의 집으로 가는 길에 과일을 파는 좌판이 있어 걸음을 멈추고 복숭아를 한 봉지 샀다. 복숭아가 담긴 검은색 비닐봉지를 앞뒤로 흔들며 걷던 나는 어느 순간부터 뛰기 시작했다. 복희식당 앞에 정차해 있던 구급차는, 그러나 내가 도착하기도 전에 요란한 소리를 내며 대로 쪽으로 떠나갔다. 복희식당에서 늦은 점심을 해결한 뒤 복희와 복숭아를 나눠 먹으려 했던 내 계획은 무산됐다. 나는 한동안 그 자리에 꼼짝없이 서서 복희, 복희, 여러 번 중얼거렸다.

서영이 자판기 커피 두 잔을 들고 와 내 곁에 앉았다. 어둠이 내려앉은 병원 복도엔 두 사람이 번갈아 가며 커피를 들이켜는 소리만이 물결처럼 길게 퍼져 나갔다.

자판기 커피를 빼 오기 전까지 서영은, 지난 사흘 동안 있었던 일들을 차근차근 이야기했다. 그 이야기는 서영이 철도청 직원으로 일하는 대학 친구의 오빠를 통해, 기관사들이 친분을 위해 만든 주소록을 얻게 된 시점부터 시작되었다. 주소록에서 이제는 오십 대와 육십 대에 이른 기관사들을 추려 연락을 시도했지만 대부분 전화번호가 바뀌어 있거나 일을 그만두어 연락이 잘되지 않았다고 했다. 개중에는 어떻게 번호를 알고 전화를 했느냐고 따지는 사람도 있었고 서영을 남의 뒤나 캐고 다니는 불순한 부류로 의심하는 사람도 있었다. 정신적으로 버거운 일이었다.

하지만 서영은 포기하지 않았고 인내심을 갖고 같은 질문을 반복했다. 혹시 삼십 년 전에 청량리역에서 출발하는 기차를 운전하지 않으셨나요? 철로에서 여자아이를 구하신 적은요? 정문주라는 이름을 모르세요? 돌아오는 대답은 대체로 불투명하고 불친절했다. 전화 한 통을 끝내고 나면 강렬한 사운드의 음악을 들으며 마음속에 남은 어색함과 쑥스러움을 쓸어 내야 했다. 수십 번의 시도 끝에, 철로에서 발견되었다는 아이를 본 기억이 난다는 기관사와 통화가 되었을 때, 이미 지칠 대로 지쳐 있던 서영은 저도 모르게 환호성을 지를 뻔했다.

초짜 기관사 시절, 그러니 아마도 삼십 년쯤 전에, 동료 기관사가 작고 깡마른 여자아이를 역 안의 숙직실에 데려온 적이 있다고, 동료는 다시 기차를 운전하러 가야 했으므로 다른 기관사들이 우는 아이를 달래 주려고 먹을 것과 장난감을 사 오기도 했다고, 그런 날이 분명 있었다고, 그는 천천히 말을 이어 갔다. 서영은 전화기를 두 손으로 감싸 쥔 채 몇 번이나 감사하다고 울먹이며 말했다. 아이를 구한 그 기관사였을까, 아니면 그 기관사를 잊지 않은 전화기 저편의 기관사였을까. 서영 자신도 그 순간 누구를 향해 그토록 진심 어린 감사의 말을 전한 건지 알 수 없었다. 그 기관사님 성함은 어떻게 되나요? 그분도 아직 철도청에서 일하세요? 연락처를 알 수 있을까요? 울먹임이 다소 가라앉은 뒤에야 서영은 가까스로 물었다. 침묵이 흘렀다. 가슴이 터질 것만 같았다.

—있잖아요, 왜, 사진의 접힌 부분 같은 거, 펴 본 뒤에야 중요한 단서였다는 걸 알게 되는…… 내일 그분을 만나는 게 그런 과정일 수도 있을 거예요.

서영이 바닥이 드러난 종이컵을 반으로 접으며 말했고 나는 대꾸 없이 고개만 끄덕였다. 단서. 있거나 없을 그 단서가 이제 내가 가질 수 있는 최대치의 행운이었다.

우리는 곧 의자에서 일어났다. 병원 로비 쪽으로 함께 걸으면서 서영은 내가 염려됐는지 한층 밝아진 목소리로, 복희식당 할머니의 병실을 지키고 있다는 내 전화를 받고 실은 무척 놀랐노라고 말했다. 그럴 만했다. 단 한 번 복희식당에서 밥을 먹은 적 있는 내가 언제 심장이 멈출지 모르는 복희 곁을 지키게 되리라곤 나 역시 짐작조차 하지 못한 일이었다. 복희는 뇌출혈로 쓰러졌고 현재는 의식이 없는 상태였다. 심장 박동을 그래프로 보여 주는 심전도계가 이상을 보이거나 작동을 멈추면 당직 의사나 간호사를 부르는 것, 그것이 복희의 병실에서 내가 할 일이었다.

처음부터 한국에서의 남은 시간을 심전도계라는 이름의 낯선 기계와 보낼 마음은 없었다. 수소문 끝에 복희의 병실을 찾아갔을 때, 마침 복희의 새 환자복을 가져온 앳된 인상의 간호사가 필요 이상으로 나를 반겼다. 환자와의 관계를 묻기에 그저 이웃에 사는 사람일 뿐이라고 답하자 그녀는 실망한 기색을 감추지 못했다. 언제 임종을 맞을지 모르는 환자가 보호자나 고용된 간병인도 없이 혼자 병실에 방치되어 있어서 신경이 쓰인다고, 입원 수속을 맡아 준 환자의 언니나 병문안을 온 몇 명의 지인들은 하나같이 제 몸 하나 가누기 힘든 노인뿐이어서 병실을 지킬 여력이 없어 보였다고, 누군가 심전도계만이라도 체크해 준다면 언제 죽었는지도 모른 채 죽는 일은 막을 수 있을 거라고, 누구든 그렇게 죽는다는 건 너무 쓸쓸한 일 아니냐고, 어느새 그녀 곁에서 복희의 환자복을 갈아입히는 일을 돕고 있는 내게 그녀는 길게 하소연했다. 아무것도 모른다는 듯 태평하게 깊은 잠에 빠진 복희를 나는 가만히 내려다봤다. 정전의 밤, 밥 더 줄까? 물으며 은근슬쩍 맞은편에 앉아 새로 물을 따라 주고 반찬을 내 쪽으로 밀어 주던 그녀가 떠올랐다. 소문과 달리 그녀는 친절했다. 아이처럼 호기심도 많았다. 내 어색한 발음을 신기하게 여겼고 어떻게 복희식당 위층에 살게 되었는지도 알고 싶어 했다.

—제일, 알아? 제일, 넘버원! 내가 넘버원 사랑하고 미안한 사람, 그 사람이랑 닮았어. 나, 깜짝 놀랐어.

내가 외국에서 왔다는 걸 의식했는지 갑자기 아이에게 말하듯 말투를 바꾼 복희는 놀랐어, 할 때는 눈을 동그랗게 뜨고 입을 크게 벌리는 표정 연기까지 해 보였다. 나는 밥을 먹으면서도 자주 의아한 눈빛으로 그녀를 건너다봤다. 맞은편의 복희는 내내 잔잔하게 미소 짓고 있었지만 나는 그녀가 슬퍼 보인다는 인상을 떨칠 수 없었다. 끊임없이 내벽에 상처를 덧내며 시간과 함께 공처럼 굴려 왔을 어떤 마음이 인간의 얼굴로 빚어진다면 꼭 그녀처럼 보이지 않을까, 아마 나는 그런 생각도 했을 것이다.

허물처럼 벗겨진 복희의 환자복을 들고 병실을 나서는 간호사를 나는 뒤늦게 불러 세웠다. 나를 향해 돌아서는 그녀에게, 그리고 나는 틈날 때마다 병원에 와서 심전도계를 체크하겠다고 얼결에 말해 버리고 말았다.

그렇게 시작된 일이었다.

—근데 그 할머니 이름, 복희 아니지 않아요? 병실엔 다른 이름이 적혀 있던데.

골똘히 내 이야기를 모두 들은 서영이 병원 로비의 문을 열다 말고 물었다.

—하지만 저번에 식당에서 밥 먹을 때 또 다른 동네 할머니가 찾아와서 복희야, 하고 부르는 걸 똑똑히 들었어.

—딸 이름인가.

—딸?

—한국에서는 자식이 있는 여자를 자식의 이름으로 부르기도 하거든요.

서영은 심드렁한 말투로 그렇게 일러 주고는 곧 병원을 빠져나갔다.

서영이 돌아간 뒤 나는 그녀의 병실 창가에 서서 세상의 한 귀퉁이에 모여드는 어둠을 한참 동안 내려다봤다. 복희가 정말 그녀의 딸이라면 복희는 지금 어디에 있는가. 그녀는 왜 엄마의 병실에 오지 않는가. 머릿속은 온통 그런 의문들뿐이었다. 추측할 수 있는 정황은 있었다. 두 사람이 절연했거나 어떤 통신 수단으로도 접속할 수 없는 다른 차원의 세계에 딸 혼자 이미 가 있거나. 외면하고 싶은 또 하나의 잔인한 가정假定은 먼 과거 속 불확실한 공간에 안개처럼 혼미하게 깔려 있었다. 바로 그녀의 딸이 나처럼 버려진 뒤 헤매고 다녔을 미지의 장소에, 놀이공원의 매표소 앞일 수도 있고 시장 한복판이나 고속 도로의 휴게소일지도 모르는 그 혼돈의 한가운데에…… 나와 넘버원 닮은 사람이 있다고, 미안하고 고맙다고, 그렇게 말하던 그녀의 목소리가 불길하게 복기되고 있었다. 나는 천천히 그녀 쪽으로 돌아섰다.

—어디 있어요, 복희?

묻는 목소리가 내 귀에도 날카롭게 들렸다. 산소 호흡기를 걷어 낸 뒤 그녀의 어깨를 세차게 흔든다면 그녀가 어리둥절한 얼굴로 깨어나 나를 빤히 올려다볼 것만 같았다. 버린 건 아니라고, 언제 죽어 버릴지 모르는 철로 같은 곳엔 더더욱 버리지 않았다고, 그렇게 말해 달라고, 깨어난 그녀에게 어쩌면 나는 반쯤은 정신이 나간 상태에서 소리를 질러 댈지도 몰랐다. 그녀의 평온한 얼굴과 균일하게 움직이는 심전도계의 그래프를 몇 번이나 번갈아 바라보다가 나는 곧 병실을 나왔다. 오늘 밤은 선의를 갖고 그녀의 심전도계를 지켜볼 의욕이 일지 않았다. 어쩌면 그건, 다시는 내게 오지 않을 선의였다.

—나나, 나는 우리 가족의 기원에 대해 찍고 싶었어.

쉰여덟 번째 생일에 앙리는 내게 말했었다.

여름이었지, 얼굴의 모든 근육을 찡그리며 최선의 힘으로 웃어 보인 뒤 그는 다시 말을 이어 갔다.

오래전 여름, 앙리와 리사는 이제 막 사랑에 빠진 연인이 되어 테두리에서부터 푸르게 변해 가는 시간을 함께 통과하고 있었다. 그 푸른 시간의 침입자는 몇 해 전에 앙리와 영화 작업을 함께한 적이 있는 동료였다. 리사와 손을 잡고 해변을 걷던 앙리는 맞은편에서 걸어오던 그를 발견하고는 얼어붙은 듯 그 자리에 멈춰 섰다. 어느 날 말도 없이 사라진 그는, 그 뒤 비교적 전문적인 기관에서 영화를 공부했고 제도권이 인정하는 장편 영화로 데뷔를 하기도 했다. 그쪽에서도 앙리를 알아보고는 웃으며 다가와 악수를 청했다. 앙리는 어느 순간부터 리사의 손을 놓고 있었고 그에게 리사를 소개하지도 않았다. 앙리는 그저, 새롭게 촬영에 들어갈 자신의 새 영화에 대해 떠드는 그를 굳은 얼굴로 바라보았고 그가 먼저 해변을 빠져나간 뒤에야 리사가 곁에 있었다는 걸 깨달았다. 앙리와 리사는 자신의 나체에 눈을 뜬 태초의 인간들처럼 서로를 똑바로 쳐다보지 못했다.

그날 숙소로 돌아올 때까지 침묵은 계속 이어졌다. 먼저 침묵을 깬 건 리사였다. 내가 부끄럽다면 헤어지고 싶다는 리사의 말에 앙리는 제발, 리사, 절박하게 속삭였다. 순간적으로 부끄러워했으므로 나 역시 혼란스럽지만 당신을 부끄러워하는 내가 더 부끄러운 것만큼은 분명하다고, 이 부끄러움이 진심이라면 사랑은 아직 유효하다고 믿는다고, 앙리는 등을 보인 채 서 있던 리사에게 고백했다. 리사는 앙리의 말을 의심하지 않았을 것이다. 어쩌면, 단 한 번도 의심 같은 건 하지 않았는지 모른다. 그날 밤 리사는 앙리에게 처음으로 아이를 갖고 싶다는 이야기를 꺼냈다. 사춘기 이후로 오랫동안 성장 호르몬 억제제를 복용해 온 탓에 임신을 할 수 없는 리사를 앙리는 고요히 바라보았다. 그들은 그날 두 가지를 결정했다. 입양과 입양할 아이의 이름, 나나. 나나는 그들이 처음 데이트를 하던 날, 파리 외곽의 오래되고 허름한 영화관에서 함께 본 흑백 영화의 주인공 이름이었다.

나나는 그렇게 왔다. 한 사람의 열망이 도저히 제어되지 않는 질투에 부딪히면서, 두 사람의 사랑의 방식이 전환되는 지점에서, 마지막으로 변두리 영화관에서 상영된 흑백 영화를 통과하여……

서영이 일하는 커피숍에 찾아온 그 기관사—무릎에 병이 나면서 기관사는 그만뒀고 지금은 무궁화호만 정차하는 작은 기차역 하나를 관리하고 있죠,라고 그는 말했다—는 동료가 철로에서 구해 온 아이에게 이름을 지어 주었다는 것 자체를 알지 못했다. 전직 기관사는 문주의 의미를 풀어 줄 수 있는 단서를 애초부터 갖고 있지 않았던 것이다. 대신 그 동료의 성이 정이었다는 건 그를 통해 확인할 수 있었다. 젬마의 추정은 맞았다. 그렇다면 기관사 정이 나중에라도 나를 도로 데려가려 했을 거라는 그녀의 또 다른 추정도 맞는 걸까. 그 무렵 기관사 정은 결혼을 준비하고 있었다고 하니 결혼 후 생활이 안정되면 아내를 설득하여 나를 입양하려 했을 수는 있을 것이다. 언젠가 태어날 친딸이나 친아들에게 나를 언니, 혹은 누나라고 부르게 해야겠다는 계획을 세웠는지도 모른다. 그러나……

그러나, 그 모든 것은 가능성일 뿐이었다.

그는 내 삶이 영사되는 스크린의 바깥으로 사라진 이후로 다시는 등장하지 않았으므로, 게다가 작년부터는 이 세계라는 스크린 안으로도 들어올 수 없는 사람이 되었으므로, 이제 그의 진심을 판정할 근거는 어디에도 없었다.

—하지만 내 이거 하나는 확신합니다.

전직 기관사는 카메라가 어색한지 서영 쪽을 흘끗거리면서도 다시 말을 이어 갔다.

—청량리역에서 접수된 아동 실종 신고가 없다는 걸 확인한 뒤로, 그러니까 부모가 없는 아이란 게 확실해진 이후부터, 그이가 무척 신중하게 고아원을 알아보고 다녔다는 것 말입니다. 그때만 해도 애들을 학대하고 폭행하는 무허가 고아원이 흔했지요. 신문에도 기사가 심심찮게 났고. 그런 몹쓸 고아원에는 맡기지 않으려고 제 딴에는 애를 쓴 겁니다.

기관사 정이 가톨릭 재단에서 운영하는 합법적인 고아원을 찾아내어 접촉하기까지는 한 달 정도의 시간이 걸렸던 모양이다. 그 한 달 동안 나는, 문주라는 이름에 거주하며 그의 보호를 받았다. 그의 집은 비탈진 곳에 자리한 낡은 한옥이었는데, 비가 오면 집 구석구석에 배어 있던 나무 냄새가 박하처럼 싸하게 번져 나오곤 했다. 그 집엔 그의 어머니도 살고 있었다. 그녀는 상 앞에 앉은 나를 보면 늘 혀를 찼고, 밤마다 기관사 정에게 어서 빨리 저 계집애를 처리하라고 닦달했다. 곧 결혼할 아들이 고아 하나를 집으로 데리고 왔으니 걱정이 컸을 것이다. 그래도 그는 내게 꿋꿋하게 생과자를 사다 주었고 상에 같이 앉을 때면 무조건 많이 먹으라는 말을 잊지 않았으며 고아원에 입소하던 날엔 제법 비싼 옷을 사 와 입혀 주기도 했다. 문주야, 그는 몇 번이나 나를 그렇게 불렀던가.

기억나지 않았다. 편집되거나 삭제된 필름처럼, 문주를 부르는 그의 목소리는 내 기억에 없었다.

서영과 함께 전직 기관사를 가까운 지하철역까지 데려다주고 돌아서는데, 서영이 내 손을 잡았다. 기관사 정의 실명을 알게 되었으니 그의 가족—그들 중 누군가 한 명은 문주에 대해 알고 있을 거라고 서영은 믿었다—을 추적하는 게 불가능한 일은 아닐 텐데, 긴 시간이 소요될 게 분명한 그 작업을 진행할 의향이 있는지 그녀는 내게 물었다. 문주가 문기둥이든 먼지이든, 혹은 기관사 정에게 뜻깊은 사람의 이름이거나 전화번호부를 뒤져 고른 일종의 기호에 지나지 않는다 해도 이제 더 이상 상관없다고, 나는 솔직하게 말했다. 철로에서 발견된 아이가 문주가 될 수밖에 없었던 계기라든지 나를 문주라고 부르면서 순간적으로 변형되었을 기관사 정의 마음 같은 것, 애초에 내가 알고 싶었던 건 문주의 의미가 아니라 그런 것인지도 모르겠다고 밝히기도 했다. 이제는…… 서영이 대답했다.

—이제는, 도무지 알 수 없는 것들이군요.

나는 고개를 끄덕였고, 우리는 서로를 마주 보며 조금 웃었다.

서영은 영화의 후반 작업에 대해 회의를 해야 한다며 오늘 작업에 불참한 후배를 만나러 떠나고, 나는 다가오는 출국 준비를 위해 혼자 서영의 집 쪽으로 걸어갔다.

복희식당의 문이 활짝 열려 있는 게 멀리서도 보였다. 문 위엔 노란 등—다음 날이 되어서야 그 등이 한 사람의 죽음을 알리는 표식이란 설명을 듣게 되었지만, 처음 본 순간부터 나는 그 의미를 직감하고 있었다—이 달려 있었고 간판은 이미 떼어진 채였다. 가까이 다가가서 보니 식당 안쪽 구석엔 테이블과 의자들이 높게 쌓여 있었다. 계단을 오르는 대신 아주 조금씩 흐느끼며 식당 주위를 천천히 돌았다. 식당 뒤편 작은 공터엔 살림살이가 아무렇게나 버려져 있었다. 키 낮은 화장대와 비닐 옷장은 서랍을 드러낸 채 비스듬히 세워져 있었고 무채색의 옷들과 담요, 이불 같은 것은 발자국이 찍힌 채 널려 있었다. 우산, 선풍기, 빨래 건조대 등이 마구잡이로 담긴 커다란 라면 박스 옆엔 무연고자의 묘비 같은 복희식당 간판이 보였다. 모두, 복희의 유산이었다. 나는 화장대 앞으로 천천히 걸어갔다. 어디로든 나를 데려갈 수 있는 반짝이는 작은 조각, 생각하며 화장대 거울을 뚫어지게 마주 보았다. 거울에서 눈을 떼면 나나는 거울 안에 그대로 남고 문주 혼자만 거울 밖으로 밀려 나올 것 같다고 상상하자 허탈한 반가움이 일었다.

돌아섰다.

공터를 나와 시나리오도, 카메라도 없는 문주의 영역을 무작정 걸었다. 등 뒤가 궁금하여 멀리 가지는 못했다. 어느 순간 걸음을 멈추고 뒤를 돌아봤다. 평평한 사각형 모양의 세계는 그곳에 없었다. 안도 바깥도 없이, 다만 무너지고 있는 수많은 집들이 보일 뿐이었다. 정전인 양, 먼 곳에서부터 어둠이 내리고 있었다. 어둠 속에서 노란 등만이 유일하게 색을 띠었다.

김다은

1995년『국민일보』국민문학상을 수상하며 작품 활동을 시작했다.
소설집『죽음의 방향을 바꾸는』,『쥐식인 블루스』, 장편 소설『덕중의 정원』,
『금지된 정원』 등을 썼다.

내 이름은 프리

아버지의 낡고 오래된 자동차에는 내비게이션이 없다.

아버지의 차를 빌리긴 했지만, 나는 운전면허를 딴 지도 얼마 되지 않았다. 운전 경험이 별로 없는 나에게 핸들을 맡기면서, 조수석에 앉아 길을 안내하겠다던 '변'은 차창을 내리고 서울 구경하느라 여념이 없다. 휴대 전화의 맵(map)은 자꾸만 엉뚱한 곳으로 차를 끌고 갔다. 맞는 방향인 것 같은데 한참 가다 보면 반대 방향이고 엉뚱한 방향인 것 같아 돌아가면 다시 돌아가게 하고, 우리가 길을 선택하기보다 길이 우리를 선택하는 상황을 여러 차례 겪으며, 서울을 간신히 빠져나왔다. 그런데 한숨을 돌리기도 전에 절대로 피하고 싶은 일이 일어났다. 갓길에 차를 세웠다.

타이어 펑크(Tire punk)!

내가 짜증을 내며 소리를 치자 미국의 수도에서 태어나고 자란 변은 고개를 갸웃하더니, 웃으며 말했다.

"이런 경우에 플랫 타이어(flat tire)라는 표현을 써야 해!"

이 상황에도 잘난 척이다. '펑크'는 범죄 집단에 속한 젊은이나 남을 의식하지 않고 독자적으로 살아가는 부류를 의미한다며, 변은 차바퀴가 펑크족처럼 제 마음대로 구른다고 말하는 줄 알았단다. 변은 이참에 바디숍(Body Shop)에 들렀다가 가자고 뜬금없는 제안을 한다.

긴급 출동 차를 불러 이 난감한 상황을 해결해야 하는 순간에 왜 바디숍(Body Shop)에 가야 한다고 계속 똥고집인지 알 수 없다. 긴급 출동 차는 15분이 지나서야 나타나 타이어 문제를 해결하고 사라져 갔다. 기다리는 동안 항상 지나치게 쾌활했던 '변'의 평소 모습이 사라져 버렸다. 변의 안색이 어둡다 못해 심지어 초조해 보인 것은 처음이다.

다시 출발하고 나서도 두 사람의 대화는 끊겨 버렸다. 마음이 약한 나는 말없이 보디 바디숍을 찾아 나선다. 초대받은 여인에게 잘 보이고 싶어 목욕용품 선물이라도 마련할 모양이다. 인터체인지를 빠져나가 작은 동네에서 목욕용품점이 있는 곳을 물어물어 찾아갔다. 한데, 목욕용품점 앞에서 변은 도리어 의아해한다.

"타이어 바람이 빠졌으니 자동차 정비소(body shop)에 들렀다가 가야지 목숨을 걸 필요가 없다고 했던 거야. 이곳처럼 바디 제품을 파는곳은 더 바디 숍(The Body Shop)이지."

또 당하고 만 꼴이다. 서툰 운전만 아니라면 말대꾸를 하겠지만 지금은 어림없다. 이러다간 오늘 안에 목적지에 도착할지도 알 수 없었다. 덕분에 '변'의 잘난 척하는 기세가 다시 살아나서 다행이었다.

아, 드디어 아스팔트 도로를 벗어나니 흙길이 가랑이지는 지점이 나타난다. 비로소 방향을 제대로 잡은 모양이다. 들은 대로, 개천 양옆을 따라 좁은 길이 이어지고 있다. 점심 약속은 12시였다. 오후 2시가 다 되어 가는 시간에도 물 한 모금 제대로 마시지 못한 채 우리는 빈속이다. 항상 쾌활한 변은 이상하게 자동차만 타면 말이 줄어드는데 그래서 불평을 하지 않아 그나마 다행이다. 우리를 기다리는 미세스 김은 태평하게도 몇 시가 되든지 오늘 안으로 도착만 하란다. 개천 건너편에는 밤나무 숲으로 뒤덮인 언덕이 보이고, 우리가 달리는 이쪽 길 옆으로는 비닐하우스와 컨테이너 들이 차례로 나타난다. 이제 안심해도 된다고 말해 주려고 조수석을 보았더니, 변이 이상하리만큼 침울하게 구겨져 있다. 나는 변이 앉은 쪽의 차창을 열어 준다. 흰 왜가리 한 마리가 가늘고 긴 다리를 개천에 담그고 먹이 사냥을 하고 있다.

"곧 도착할 거야."

내가 이 말을 다섯 번째 했다고 지적했던 변은 여섯 번째에는 가타부타 말이 없다. 하지만 이번에는 정말 제대로 왔다. 변이 내 말을 곧이곧대로 믿지 못하게 된 것은 오늘의 여정 때문만은 아니고, 여러 날에 걸친 언어에 의한 오해 때문이다. 내 영어 실력이 모자란 탓도 있지만 결단코 내 탓만은 아니다. 앤드류에게 변이라는 별명을 붙여 준 것만 해도 그렇다. 어느 날 나는 빨래 더미 속에서 트레이닝 바지를 찾고 있었다. 세탁하려고 내놓았으나 미처 빨지 못해 한 번 더 입어야만 하는 상황이었고, 앤드류가 들어와서 무엇을 찾느냐고 묻기에 빨래 바구니에서 트레이닝 바지를 꺼내 보여 주었다. 앤드류는 같이 운동을 할 수 있도록 트레이닝복 하의를 사고 싶다는 의사를 표현해, 같이 트레이닝복을 사러 나갔다. 외국인과 같이 온 나에게 점원이 어설픈 영어로 말을 걸기에, 나도 "트레이닝 팬츠"를 보여 달라고 했다. 한국인 점원은 그 표현을 알아듣고 곧장 트레이닝 바지를 우리에게 내밀었으나, 변은 한동안 의아한 눈빛으로 히죽히죽 웃다가 가게를 벗어났을 때는 거의 바닥에 주저앉아 웃음을 그치지를 못했다. 집 안이었다면 변은 웃느라고 데굴데굴 굴렀을 것이다. 나는 도무지 영문을 알 수가 없었고, 집에 돌아와서야 트레이닝 팬츠는 '아기의 용변 가리기 연습용 팬티'라는 뜻으로 외국인들도 잘 사용하지 않는 단어라는 것을 알게 되었다. 어찌나 민망하고 자존심이 상하던지, 그때부터 앤드류에게 변이라는 별명을 붙여 마음속으로라도 소심한 보복을 하는 중이다.

우리는 여러 가지 이유로 서로에게 지쳐 가는 중이다. 나는 한국인이라면 누구나 이해하는 의심의 여지가 없는 영어를 말하는데도, 변은 전혀 이해하지 못할 뿐 아니라 한국인들끼리만 통하는 영어니 한국어라는 식이다. 나는 영어 하느라 변은 한국어 하느라 소소한 언쟁이 매일매일 이어졌다. 이런 내 하소연을 들은 고모가 한 가지 제안을 했다. 미국에서 살다 온 자신의 옛 벗이 벽제에 살고 있으니 둘이 가 보면 어떻겠냐고! 옛 벗의 작업실이 벽제에 있으니 서울도 벗어날 겸 같이 놀러 가라는 거였다. 고모는 급한 성격대로 일사천리로 전화를 걸었고 약속을 잡아 오늘에 이른 것이다. 나도 영어를 잘하는 한국인에게 귀찮기 짝이 없는 녀석을 잠시라도 떠맡기고 싶었다. 변은 고모의 옛 벗이 미국에서 살았었다는 사실보다 조각가라는 데 관심을 보였다. 게다가 벽제에 화장터가 있다는 말에는 이상하리만큼 기대의 눈빛을 보였었다. 고모가 벽제의 옛 벗에 대해 준 정보는 생소한 것이었다.

"미국에서 돌아왔다는 이야기만 들었지 나도 아직 만난 적 없어. 자신의 이야기를 입에 잘 담지 않는 친구여서 기억나는 것이 없는데, 가만, 대학 시절에 다른 사람들처럼 하나쯤 알레르기가 자기 몸에 있으면 좋겠다고 말했던 것 같은데…."

알레르기를 갖고 싶은 친구! 아무리 설명해도 변은 내 영어를 이해하지 못했다. 내용인즉, 안데르센 동화의 완두콩 공주를 보면 왕자가 진짜 공주를 찾기 위해 스무 개의 담요 아래 완두콩 하나를 넣어 두는 이야기가 나온다. 보통 사람들은 아무런 불편 없이 잠을 자지만, 귀하게 자란 공주는 스무 개의 담요 아래의 완두콩도 감지할 만큼 예민해서 뒤척이거나 불편해하기 때문에 진짜 공주를 찾을 수 있다는 것이다. 외부의 자극에 불편해할 줄 알아야 귀한 존재라는 이야기였다. 무엇을 먹어도 어디서 자도 알레르기의

알도 오지 않으니, 자신이 왠지 별 볼 일 없는 천덕꾸러기 같다고 했었다는 것이다. 평범치 않은 고모가 평범치 않은 사람이라며 말끝을 맺었다. 경영학을 전공했는데 사십 넘어서 조각가로 성공한 사람이라니!

철제 울타리가 쳐진, 그러나 대문은 없는 마당 안으로 들어가 마침내 나는 대형 컨테이너 앞에 자동차를 주차했다. 변은 길게 기지개를 켜고 차에서 내릴 준비를 한다. 차 문을 열더니, '오픈카'라며 눈을 찡긋거린다. 차 문을 열 때마다 변이 던지는 농담이다. 변은 미국에서 노무현 대통령 장례식에 관한 한국 뉴스를 본 적이 있었다. 그런데 아나운서들이 한결같이 오픈카라는 표현을 사용하더라는 것이다. 우리가 흔히 스포츠카나 외국 수입차에서 보듯 지붕이 없거나 지붕을 여닫을 수 있는 차를 오픈카라고 하는데, 노무현 장례식 때 그런 차종을 사용했던 모양이었다. 전자사전을 들여다보아도 오픈카는 철제 지붕이 없는 차라고 분명 적혀 있는데, 변은 오픈카는 차 문을 열어 놓은 자동차라고 계속 우긴다. 영어로 컨버터블(convertible)이 맞는 표현이란다. 차 문을 열 때마다 이런 식이니, 도대체 내가 성질이 나지 않을 수가 없다.

마당 구석에서 덩치 큰 개가 목줄을 끊을 듯이 맹렬하게 짖어 댄다. 물어보지 않아도 고모의 친구(고친이라 칭함)가 분명한 여자가 컨테이너 문을 열고 나온다. 변과 고친은 서로 아는 사이인 듯 포옹하고, 나는 낯선 사람에게 소개받을 삼자처럼 거리를 두고 멀뚱히 서 있다. 비교적 깨끗한 마당에는 듬성듬성 초록 풀이 박혀 있다. 조각가의 작업실은 상상보다 커서 대강당과 소강당 중간 정도 된다. 더위에 약한 앤드류가 방석만 한 날개들이 달린 대형 선풍기 앞으로 다가가 열을 식히고 있는 동안, 나는 찬찬히 컨테이너 안을 둘러본다. 컨테이너 지붕은 5~6미터가 족히 되는 듯 높고, 2~3미터 이상 되는 작품들이 서 있다. 돈도 돈이려니와, 여자가 만들기에는 버거워 보이는 거대한 고철 작품들이다. 한쪽 옆으로 난 철제 계단은 작은 창문이 있는 이 층의 공간으로 연결되어 있다. 등 뒤로 고친의 목소리가 들렸다.

"저 위쪽은 내가 생활하는 공간이야. 원하면 올라가 봐도 좋아."

우리는 2시 반이 넘어서야 겨우 점심 식탁에서 수저를 들었다. 고친도 우리를 기다리느라 굶고 있었던지라, 자신이 만든 음식을 위가 이렇게 절실하게 원하는 경우는 처음이란다. 작업실 뒤쪽의, 떡갈나무 그늘진 자리에 점심상이 마련되었다. 고친이 준비한 한정식과 양식의 중간쯤 되는 자유분방한 식사와 고모가 가져가라고 건네준 포도주 두 병이 놓였다. 나와 변은 자연과 영양식과 긴장이 풀린 개와 고친을 앞에 두고 조금씩 안정과 평온함을 되찾고 있었다. 고친은 삶의 군더더기나 불순물을 모두 제거해 다시 맑아진 물 같은 분위기이고, 변은 자동차에서 죽치고 있을 때와는 전혀 딴판으로 쾌활하다. 나나 변이나 음식도 포도주도 주는 대로 넙죽넙죽 받아먹고 마시며 기분이 좋아지고 있다. 나는 두 사람의 유창한 영어 대화를 이해했거나 못했거나 예의 바르게 고개를 끄덕여 준다. 막 식사가 끝나고 설거지하려는 순간에, 나는 고친의 이마가 붉고 푸르게 부풀어 오르는 것을 보았다.

"제가 포도주를 잘못 가져온 것은 아닌가요?"

나는 고모가 골라 준 포도주라고 말하려다가 말았다.

"아니야. 아까 앤드류가 남새밭에서 따 온 토마토 때문에 그럴 거야. 토마토를 먹으면 온몸이 벌겋게 변하는데, 오늘은 보기만 했는데도 이마가 자기주장을 하네."

순간 알레르기를 앓는 친구를 부러워했다던 고모의 말이 떠올랐다. 고모의 기억을 일러 주자, 고친은 그런 기억이 없는지 아스라한 표정을 지었다. 변은 이제야 겨우 제대로 알아듣고는 스무 개의 담요 밑의 완두콩을 불편해하는 여자라면 설령 그녀가 진짜 공주라 해도 아내로 맞이하고 싶지 않다고 낄낄거렸다. 내가 고모의 기억을 함부로 말한 느낌이 들어 물었다.

"원래 토마토 알레르기가 있었나요?"

"의사 말로는 내가 작품 때문에 납이나 주석을 많이 다루니까 그런 것 아닌가 하더라. 그런데 토마토가 원흉인 것 같아. ……납과 토마토가 무슨 관련이 있다는 것인지 잘 모르겠어. 모든 현상이 다 설명될 수 있는 것은 아니겠지."

고친의 작업실에는 전국 각지를 두루 돌며 인쇄소에서 거둬들인 활자판이 진열대에 층층이 쌓여 있다. 처음 방문한 사람은 인쇄소거나 인쇄용 활자를 만드는 공장이라고 여길 것이다. 컴퓨터가 나오기 전, 수작업으로 인쇄 작업을 할 때 사용했던 한글 활자, 한자 활자, 그리고 수많은 보조 기호들, 전국의 활자 폐품이 모여 있다. 그 활자들을 뒤섞거나 특이한 방식으로 배열해서 작품을 만드는 것이다. 작품이 납과 주석 덩어리인 셈이니 소품도 대부분 두 손으로 들기에 버거운 무게다. 세종 대왕의 훈민정음 창제 당시 자모를 박은 훈민정음 기둥은 거의 3미터 높이에 달하니 무게가 톤을 넘어서 기중기로 쌓았단다. 한강이 가로지르는 서울의 납 지도, 활자 글자의 뜻을 그대로 살려 시를 박은 납 시집도 있다. 변은 한글 활자들에 무한 매력을 느끼는 모양이다. 고친은 변에게 한글 자모 형태의 특징을 설명하기 시작하더니, 조선 시대 세종 대왕의 이야기로 옮겨 가고, 나중에는 훈민정음의 글자체가 각체라는 설명까지 이어졌다.

세종 대왕이 처음 훈민정음을 창제하여 주자소 관원들에게 글자를 만들게 할 때, 이전에 있던 해서나 초서를 사용하지 않고 지금의 고딕체보다 더 각이 진 각체를 만들게 했다는 것이다. 주자소 관원들은 당시 새 글자를 잘 모르기 때문에 왕이 그려 준 그림 그대로 틀을 만들어 그 틀에 구리를 부어 동활자를 만들었다. 세종 대왕이 그렇게 각체를 만든 데에는 깊은 뜻이 있었다. 세종 대왕은 농민이나 푸주한 그리고 가난한 백성들이 매일매일 입에 풀칠하기도 어려운데 먹이나 붓이며 종이를 살 여유가 없을 뿐 아니라 글 배울 시간도 없다는 것을 알고 계셨다. 그래서 세종 대왕은 양반들이 붓으로 쓰는 모필체가 아니라 지게꾼이 지게를 지고 가다가 쉬면서 지팡이로 땅에 그을 수 있는 글자체, 그릇을 깨고 시어머니에게 쫓겨난 여인이 울다가 지쳐 땅에 주저앉은 채 깨진 사

금파리로 쓸 수 있는 글자체, 밭을 매던 처녀가 호미로도 쓸 수 있는 글자체, 지팡이나 막대기나 호미도 없으면 아예 손가락으로도 허공에 쓸 수 있는 글자체, 그렇게 만들어진 것이 고딕체보다 더 각이 진 '각체'라 했다. 훈민정음체라고 부르기도 한다 했다.

변과 나는 오랜만에 서로의 눈길을 맞추었다. 기분이 좋을 때 변의 눈동자는 광휘를 발한다. 세종 대왕의 이야기가 신선한 충격인 모양이다. 백성을 위해 글자를 만들고 더구나 백성의 처지를 생각해 각체를 고안한 조선의 왕에게 감탄해 마지않는다. 고친의 설명을 듣는 변의 모습은 진지하면서도 양순하다. 변은 훈·민·정·음이라는 발음을 가만히 해 보기도 한다. 여태 변의 영어에 짓눌려 있던 나는 한글의 마법으로 한순간 신분이 뒤바뀐 왕자처럼 자존심이 회복되는 듯하다.

늦은 그리고 긴 점심이 끝나자, 고친은 두 개의 작업대를 설치하더니 주황빛 황토 덩어리를 각 작업대 위에 배분해 준다.

"소망하는 것이 있으면, 그 염원을 담아 무엇이든지 만들어 봐."

영어와 우리말이 뒤섞인 끝없는 대화로 지쳐 버린 나는 무엇보다 서로 말없이 있을 수 있는 시간이 생겨 좋았다. 나와 변은 배분된 진흙 덩어리를 주물럭거리기 시작한다. 고친은 어떻게 만들라는 조언이나 간섭 없이 저쪽 구석에 가서 앉았는데, 전혀 우리에게 신경을 쓰지 않는 눈치다. 나는 선뜩 무엇을 만들지 결정하지 못하고 있는데, 변은 마음에 정한 것이 있는지 손놀림이 빨라진다.

내가 지금 가장 바라는 것은 백수 상태를 벗어나는 것이다. 변이 처음 내 직업을 물었을 때, 나는 취업을 위해 스펙을 쌓고 있다고 대답했다. 스펙? 여태 잘 통용되던 영어 단어가 처음 만난 앤드류, 미국 사람 앞에서 걸렸다. 한국 사람들은 직장을 구하기 위해 열심히 '스펙'을 쌓는데, 외국어 능력, 봉사 활동, 인턴 및 공모전 수상 등을 확보할 수 있는 한 최대한 갖추는 것이라고 설명했다. 그런데 처음 만나 예의도 없이 앤드류는 영어 지적질을 했다. "스펙(spec)은 specification에서 유래된 것으로 상품이나 기계 등의 특징 혹은 디자인 요소들을 일컫는 구어 표현이야. 스펙은 상품에만 사용하지 사람에게는 qualification이 적절한 영어 표현이야."라고 당시만 해도 친절하게 수정해 주었다(우리 사회가 구직자를 인간으로 보지 않고 상품으로 보기 때문에 그 표현을 쓰는 것일까.). 나도 그에게 직업을 물었는데 마찬가지로 백수라고 했다. 그가 백수인 이유는 일하고 싶을 때 일하고 싶어서였다.

계속 주물럭거릴수록, 주황빛 진흙 덩어리는 반질반질 윤기 있는 상태로 변한다. 가만히 진흙을 들여다보고 있으니 그 안에 얼굴 하나가 들어 있는 듯하다. 얼굴 형태 그대로 만들어 보려고 진흙 덩어리를 양손으로 쥐고 빚어 나가자, 얼굴은 길쭉한 형태로 점점 늘어난다. 내가 스펙 대신 아르바이트를 하고 있다고 말을 바꿨더니, 아르바이트는 영어가 아니라 독일어로 노동이라는 뜻이고, 내가 의미하는 아르바이트는 파트타임(part-time)이라고 표현해야 한다 했다. 그래, 잘났다. 미국 백수는 주유소를 경영하는 부자 아버지의 돈으로 해외여행을 떠나 한국까지 놀러 오고, 한국 백수는 미국 백수의 길을 인도해야 하는 양지기가 되고 말았구나. 우리 집이 변의 홈스테이 장소가 된 것은 몇 단계의 복잡한 인간관계를 통해서 이루어졌지만, 표면적인 이유는 우리 집에 변과 비슷한 나이의 아들이 있다는 점이었다. 아버지가 고모의 설득으로 이를 일방적으로 승낙한 것에 나는 극구 저항했다. 어머니는 영어 실력 빨리 올려서 취업하라고 종용했고, 나중에는 용돈을 올려 주겠다고 제안했다. 용돈벌이 때문에 변을 받아들인 것은 결코 아니고, 내 꿈을 이루는 데 영어가 절대 필요했기에 감수하기로 했다. 가족에게 감히 내뱉지도 못하는 나의 은밀한 꿈!

'변'의 등장으로 내 영어 실력은 내가 생각했던 것보다 더 비참한 방법으로 들통이 났다. 내가 여태 취업하지 못한 이유를 파악한 듯 가족은 이전보다 나를 더 시원찮고 기대조차 없는 놈으로 여기는 것 같았다. 변은 유쾌하고 장난기가 많아 끝없이 나를 골려먹었고 내 콩글리시를 가차 없이 수정했다. 일상에서 자주 쓰던 영어가 미국인 앞에서 통용되지 않는 상황이 발생할 때마다 변이 나를 괴롭히기보다 내가 스스로 괴롭힘을 당했다. 내가 옳다고 믿었던 것들이 차례차례 무너져 마음속은 갈수록 폐허처럼 어수선하고 수렁처럼 어둡게 가라앉고 있다. 변의 한국 여행 목적은 힐링이라는데, 힐링이 절실히 필요한 사람은 따로 있다.

나는 길쭉한 두상을 만들어 놓고 얼굴 아래쪽으로 엄지를 깊게 밀어 넣는다. 작품의 가장 포인트인 입을 만들기 위해서였다. 아주 길쭉하고 큰, 얼굴의 2/3를 차지하는, 노래할 때 인간의 최대한 벌어진 입을 표현하고 싶다. 때문에, 얼굴 위쪽 1/3에 해당하는 부분에서 감정에 겨운 눈과 코는 이지러질 것이고, 귀는 자신의 노래를 잘 듣기 위해 한껏 곤두선 형태가 될 것이다. 변의 작품은 여전히 뭉개진 똥 모양 같은데 어떤 형체의 중간 단계인지 아직은 짐작도 되지 않는다. 혼란스러운지 금방금방 형태를 바꾸니 지금의 무형이 된 모양이다. 도대체 만들고 싶은 것이 무엇이기에 저렇게 형태를 잡고 허물기를 반복하는 것일까.

나는 세 손가락을 작품의 입안으로 다시 들이민다. 작품의 특징을 최대한 살리려면 목젖이 들여다보일 정도로 최대한 입이 벌어지게 해야 한다. 나는 최대한 욕심을 버리지 않고 계속 입안으로 손가락들을 들이민다. 세 손가락이 작품의 입안 천장에 닿은 순간이었을까, 어 이게 뭐야. 내가 만들던 진흙 얼굴이 아니라 내 얼굴의 근육이 내 의지와 상관없이 움직인다. 마치, 탄성 있는 물질처럼 마음대로 꿈틀거린다. 어, 왜 이러지. 볼의 근육이 제각기 다른 방향으로 달아나듯 잡아 당겨진다. 한순간, 오른쪽 볼이 쭈우욱 위쪽으로 늘어났다가 제자리로 돌아오는 느낌이다. 소스라쳐, 손을 진흙 두상의 입에서 빼냈다. 너무나 섬뜩했다. 아마 내가 외마디를 질렀거나 최소한 다른 사람들이 주시할 만한 어떤 소리를 낸 모양이다. 곁에 앉은 변과 저쪽에서 작업하고 있던 고친이 동시에 내 쪽을 쳐다보고 있다. 손을 거칠게 빼낸 탓에 작품의 윗입술이 흉물스럽게 뭉개졌다. 변은 나를 보고 웃으면서 말한다.

"타임(Time)?"

이런 순간에 저런 농담을, 저놈의 변이! 함께 구매한 트레이닝복을 입고 나가 동네 꼬마들과 축구를 할 때 일어난 일이었다. 내가 작전 타임을 위해 "타임! 타임!" 하고 몇 번 외쳤더니, 변은 뜬금없이 시간이 몇 시 몇 분인지 알려 주었다. 그는 잠깐의 작전 타임이나 휴식을 위해 잠시 멈추자는 의미의 영어는 타임아웃, 혹은 브레이크 타임이라고 '친절하게' 알려 주었다. 동네 조무래기 앞에서도 나는 무참하게 깨졌다. 그런 잔인한 변이 부드럽게 "Time?"이라며, 잠깐 휴식할까 물었던 것이다.

"앤드류! 내 얼굴이 이상하지 않아?"

앤드류는 내 얼굴이 아니라 내가 만들던 진흙 얼굴을 쳐다보았다.

"아니, 제법 쓸 만했는데 왜 뭉개려고 그래. 네가 만든 저 남자는 정말 찢어지게 큰 입으로 쏟아 내고 싶은 말이 많아 보이지 않아? 힙합 하는 입처럼!"

화들짝 놀란 나는 자리에서 일어서는 그를 올려다보았다. 변은 내가 내 얼굴을 만들었다고 간파한 것이다. 힙합 하는 나의 모습을! 아무도 모르는 내 꿈의 입! 말하면 당장 집에서 쫓겨날지도 모르는 꿈 아닌 꿈! 변의 예리한 관찰력에 설득당하고 마는 것은 이번이 처음은 아니다.

"앤드류, 네 작품은 …인제 보니, 제법 괜찮은 여자의 두상이네."

내 말에 변의 표정이 일순간 환해진다. 나는 내 얼굴에 일어난 변화를 알고 싶었으나, 변은 계속 여자의 두상에 대한 내 의견을 구한다. 변과 대화하는 사이에도 긴장을 놓으면 얼굴 근육이 사방팔방 제각각 늘어나고 말 것 같다. 그런데 변도 여자의 얼굴이 당장 달아날 것처럼 나의 의견을 절박하게 묻는다. 결국, 서로 "괜찮아 보여."라는 말을 한 뒤 다시 작업으로 돌아간다. 진흙을 주무르면서도, 진흙이 닿지 않은 팔목 부분으로 얼굴의 근육이 정말 제대로인지를 확인하고 또 확인한다. 그때 고친이 작업실 바깥으로 나가는 문소리가 들렸고, 우리는 정말 브레이크 타임을 가졌다.

"나, 미국에서 감옥까지 들어갔다 나왔어."

어떤 여자인지 자꾸 짓궂게 물었더니, 변은 폭탄선언을 했다. 예상치 못한 답변에 나는 멀건 눈으로 그를 본다. 마약이나 범죄가담자라고 하기에는 너무나 선량한 얼굴이다. 내 귀에 항상 누군가가 소리를 치는 거야. 명령하지. 밥을 먹어라. 이제 밖으로 나가라. 아니면 너를 죽여 버릴 것이다. 이 죽일 놈아! 변의 몸에 그런 이상 증상이 일어난 것은 자신이 운전한 자동차가 사고를 당해 여자 친구가 죽고 난 뒤부터란다. 맞은편에서 온 음주 운전자의 과실로 밝혀져 자신은 무고로 풀려났지만, 그 후 몸의 이상 증상은 사라지지 않았다는 것이다. 그런데 그 소리가 자신 몸 안이 아니라 위층에서 나는 것 같아서 경찰에 신고했더니, 그 위층에서 다시 그를 고소했다는 것이다. 그러기를 여러 번 반복하면서 마을 사람들과 등을 지게 되었다고 했다. 귀에서 소리가 심해지는 것은 물론, 갈수록 에너지가 몸을 휩쓸어서 상상할 수 없을 정도로 분노에 휩싸였다는 것이다. 마을 주민과 슈퍼마켓 주인 심지어 아버지가 운영하는 주유소의 손님에게까지 도무지 주워 담을 수 없는 욕을 퍼부어 싸움 종결자가 되어 버렸다. 그동안 받은 교육이나 긍지나 품위가 여지없이 무너져 내려, 세상에서 가장 초라하고 천박한 자신의 모습을 보고 말았다는 것이다. 이상 증상을 호소하면 사람들은 한결같이 자동차 사고 후유증이라고만 할 뿐 아무도 진심으로 믿어 주지 않았다고 했다.

어쩐 일인지 변이 말하는 내용이 한국말로 듣는 것처럼 고스란히 이해되었다. 변이 만들고 있는 작품의 형태는 죽은 여자 친구의 얼굴이란다. 현장에서 형체를 알아볼 수가 없는 얼굴 앞에 선 사람처럼, 파르르 변의 입술이 심하게 떨린다. 영혼에도 형체가 있다면, 여자 친구가 본래의 아름다운 얼굴선을 지니고 떠났으면 좋겠다는 소망이었다. 너무나 끔찍했던 마지막 모습 때문에, 기억에서 예전의 모습을 꺼내기가 쉽지 않아 안타깝고 혼란스럽다고 했다. 앤드류의 가슴의 떨림이 그대로 생생하게 전해져 오는 듯하다. 나는 여러 가지 감정으로 가슴이 꽉 막혀 왔다. 나는 그의 작품을 뭉개진 똥 모양이라고 내심 곱씹었었다. 더구나 그의 이름을 변이라고 했으니…… 나 자신이 한심하고, 그의 시선을 마주 못 할 만큼 미안했다.

다행히 고친이 작업실로 돌아오는 모습이 보여, 나는 당황한 내심을 숨길 수 있었다. 대화를 나누고 있는 우리 쪽으로 다가온 고친은 두 사람이 버무려 놓은 걸작을 들여다본다. 고친은 테라 코타(진흙 작품)가 완성되면 불에 한 번 구워야 한다며, 작업실의 다른 칸막이 속을 보여 준다. 그곳에는 어린이들의 솜씨처럼 어설픈 테라 코타가 진열되어 있다. 조각가의 실패작들인가 했는데, 우리처럼 아마추어들이 와서 만든 작품이란다.

"왜 이렇게 모아 두셨어요?"

"1년 전부터 이곳에 와서 작품을 빚을 사람을 모집해 왔어. 그것도 삼천 명이나."

"삼천 명? 그럼 삼천 개의 작품을 만들 생각이군요."

"한국에서는 절에 가서 부처 앞에 삼천 번의 절을 하는 의식이 있어. 삼천배를 하면 모든 죄를 사해 준다고 하지. 나는 삼천 명의 소망을 담은 작품으로 삼천배를 대신하려고 해."

순간 나와 변은 서로 얼굴을 바라보았고, 두 사람은 전혀 다른 반응을 했다. 삼천 번의 절을 한다는 동양적인 의식과 그 의미에 매혹된 듯 변은 기꺼이 그 삼천 개의 작품 속에 자신의 것을 넣어 달라고 요청한다. 하지만 나는 어깃장을 놓듯 말한다.

"이것으로 전시회라도 하실 모양이시네요?"

"응. 삼천 작품이 모이면 큰 절을 선택해서 그곳에서 전시회를 할 거야."

막연한 불안감에 휩싸여 있던 나는 그럴 필요가 전혀 없는 큰소리를 질렀다.

"나는 내 소망을 다른 목적의 제물로 바치고 싶지 않아요!"

하필이면 왜 그 순간이었을까. 여태 백수로 지내면서 내가 보잘

것없다고 느꼈던 자책, 가족의 남모른 배려와 멸시의 반복, 앤드류의 되풀이되는 변덕에 감정이 뒤엉켜 있었으니 내면의 분노가 기회를 엿보다가 터져 나온 것은 이해되는데, 하필이면 나를 전혀 괴롭힌 적 없는 고친 앞이라는 것이 의외였다. 화를 내는 내 모습에 가장 생경해진 사람은 나 자신이었다. 두 사람은 놀라 피하지도 않고 그렇다고 나를 달래려는 시도 따위도 하지 않는다. 내 분노를 마치 용기를 낸 자의 그것처럼 바라본다고 할까. 나는 안절부절못하고 서성대다가 내 작업대에 걸려 넘어지고 말았다. 어, 작업대 위에 있던 내 테라 코타가 순식간에 떨어져 내려 바닥에 주저앉는다. 마이크를 잡고 노래를 부르던 두상의 진흙 덩어리는 똥무더기처럼 뭉개져 버린다. 세 사람의 시선이 동시에 파손된 작품을 내려다보았지만, 누구도 안타까움을 표시하지는 않았다. 마지막 짝을 찾는 매미의 날카로운 울음소리가 어디선가 들려왔을 뿐이다. 나는 일그러진 내 작품을 보면서 조금씩 분기가 가라앉는 것을 느꼈다.

고친은 차분하게 차를 끓여 우리 앞에 내놓았고, 묻지 않았는데도 자신의 이야기를 시작했다. 고친은 미국에서 첫 번째 남편과 위기를 겪으면서 거리를 배회하는 습성이 생겼다. 그런데 날이 어두워져 어쩌면 깊은 밤이었는데도 사념에 잠겨 혼자 길을 배회하고 다녔으니 악마 아니라 누구라도 그녀를 탐했을 것이라고 했다. 그녀는 다음 날 아침에 치마가 찢어지고 몸이 찌뿌드드한 상태로 거리에서 발견되었다. 밤사이에 무슨 일이 일어났는지 기억하지 못한다고 했다. 병원에서 며칠 누워 있다가 정상적인 상태로 돌아왔는데, 남편은 그것을 빌미 삼아 위자료고 뭐고 홀가분하게 그녀의 곁을 떠나갔다. 임신이 아니라고 진단받았으나, 그녀의 배 안에서는 무엇인가가 계속 자라고 있었다. 그것은 점점 힘이 세어졌고 그녀를 조정하기 시작했다. 그것은 상상할 수 없을 만큼 지독하게 악랄한 어마어마한 에너지였는데, 그녀가 견딜 수 없을 만큼 오랫동안 그녀를 조정했다. 그 과정에서 육체나 정신이 소진되어 갔다. 그런데 어느 날 한국에 관광 갔다가 돌아온 미국인 이웃이 한글 공방에서 산 것이라며 인쇄 활자체 몇 개를 보여 주더라는 것이다. 다섯 개의 글자 〈나〉, 〈나〉, 〈너〉, 〈는〉 그리고 〈?〉였다. 이리저리 맞추니, "나는 나?" "나는 너?" "너는 나?" "너는 나나?" 등 몇 개의 조합이 가능했다. 그 미국인 이웃의 이름은 나나였는데, 나나는 자신의 이름이 다양한 다른 뜻으로 조합이 가능한 것을 보고 매우 기뻐했다. 한글 글자 몇 개가 이방인을 그토록 기쁘게 하는 모습을 보고, 고친은 홀린 듯이 즉각 한국으로 돌아가야 하겠다는 생각이 들어 귀국하게 되었다. 그때부터 이 컨테이너를 짓고 들어와 전국의 버려지다시피 한 인쇄 활자들을 전 재산을 털어 사 모으기 시작했다. 그 재료들을 다루느라 손이 찢어지고 다리를 다치고 용접하는 법을 배우면서 사고를 당하는 등 완전히 미친년처럼 살았다고 했다. 주변에서 그녀를 정신 병원에 넣지 않은 것이 이상할 정도였다. 그런데 오랫동안 그녀를 끌고 다니던 분노의 에너지가 그 무거운 납과 주석을 주무르는 동안 잦아들었고 시간이 흐르자 그것이 긍정적인 에너지로 탈바꿈하더라는 것이다. 저렇게 높게 세워진 납 기둥에 다들 입을 다물지 못하지만, 자신은 그냥 손 안에 들어오는 작품일 뿐이라고 했다. 그때 몸 안에서 키워진 에너지가 삶의 어떤 고통이건 작품의 어떤 규모나 무게건 거뜬하게 감내해 낼 수 있는 통 큰 여자로 만들어 버렸다고 했다. 게다가 성공했다고, 저런 기둥 하나에 억이 넘게 팔린다고 했다. 고친이 과거 이야기를 마쳤을 때, 앤드류도 여친 이야기를 그녀에게 다시 해주었다. 나는 두 사람에게 똑같은 질문을 던졌다.

"두 사람은 어떻게 다시 정상으로 돌아왔어요?"

앤드류는 아무런 대답이 없고, 고친은 작은 미소를 짓는다.

"네가 왜 노래하는 남자를 빚었는지 깨닫게 되면, 너도 분노가 가라앉은 차분한 상태로 돌아갈 수 있게 될 거야."

변은 작품을 마저 빚겠다며 자리를 잡고 앉는다. 나는 내 작품의 똥 무더기를 치우고 진흙 주무르기는 그만둔다. 할 일이 없어진 나는 작업실 구석에 놓인 먼지 앉은 기타를 찾아내, 음높이를 조율해 가며 줄을 하나하나 튕긴다. 기분 좋은 자극이 몸 안으로 흐른다. 손끝은 기억을 더듬듯 아련한 연주만 하다가 내 노래가 더해지자 기세가 더 좋아진다. 천장 높은 작업장 안에서 내 노래가 무대처럼 공명한다. 앤드류, 여자 친구의 얼굴을 만들려고 무척 공을 들이고 있는 앤드류, 나는 그의 소망이 이루어질 수 있도록 내 염원을 노래에 담는다. 가장 아름다운, 네가 기억하는 가장 아름다운 여인의 모습을 네 손끝이 빚어라. 부드러운, 가장 너를 열망하던 그녀의 표정을 네 손끝으로 담아라. 순간 앤드류가 진흙 묻은 손으로 눈가를 훔쳤다. 늘 쾌활하고 짓궂은 앤드류, 저런 고뇌와 비탄의 표정을 짓다니! 울컥, 내 안에서 뜨거운 감정이 치솟는다. 내 눈가에도 어느새 물이 흐른다. 눈물을 닦고 싶은데, 손을 멈추어야 하는데, 나는 그럴 수가 없다. 앤드류의 정성에 흠집이 날까 봐 연주를 계속할 수밖에 없다. 게다가 서로의 눈물을 눈치채지 못하게 하려면, 노래를 계속 이어 가야 한다. 눈물방울 하나가, 내 턱끝에 매달려, 떨어지지도 못하고 있다. 앤드류의 손은 멈추지 않고 내 손도 멈추지 않는다. 몸의 내장을 돌아 나온 눈물이 기타 줄을 타고 흘러 앤드류의 작품 속으로 스며드는 듯하다. 툭, 눈물이 턱에서 낙하하여 꽃잎처럼 가볍게 기타 줄을 건드렸다고 생각하는 순간, 난지 앤드류인지 누군가가 오열한다. 저쪽 구석에 돌아앉아 있는 고친은 우리의 이런 상황을 정말 모르는 것일까. 얼마나 시간이 흘렀을까. 앤드류가 작품을 마무리하고 일어섰을 때야, 나는 얼룩진 얼굴을 쓱쓱 문질렀고, 고친도 젖은 눈빛으로 우리 곁으로 돌아왔다.

"앤드류, 네 작품은 불에 구워서 보내 줄 테니, 이 아름다운 연인을 기억해. 그 연인도 이런 모습으로 기억되길 원할 거야. 아니, 너뿐만 아니라 다른 사람들의 작품도 다 돌려줄 생각이야. 삼천 명 중에 약 80여 명이 테라 코타를 만들고 갔는데, 한 초등학교에서 40~50명 단체로 한번 왔었거든. 그리고 몇 명씩 동아리에서 왔다 갔어. 앞으로 몇 년 동안 삼천 명을 모을 생각이었는데, 그만두기로 했어."

내가 그녀의 소망 작업을 무너뜨린 느낌이었다. 그런 내 생각을 읽었는지, 고친은 고개를 가로저었다.

"네 노래를 들으며, 나도 자신을 돌아봤어. 원하는 것이 진정 무엇인지를 돌이켜 보게 되었지. 최소한 삼천 명 인간들과 신의 관심을 동시에 받으려고 했던, 여전히 나 안에 자리 잡은 욕망의 프로젝트임을 깨닫게 되었어. 완전히 자유롭지 못한 내 소망을 나도 자유롭게 해 주고 싶어."

나는 비로소 고 3 때 드럼을 몰래 배우러 다니다가 아버지에게 걸려 몇 달 동안 지독한 감시를 당하면서 포기하고만 꿈을 생각해 냈다. 내 안에서 꿈틀거리는 고통이 버려진 음악 때문이었을까. 대기업에 들어가 화이트칼라가 되려고 스펙을 쌓는 짓이 그렇게 심장을 꽉 조여 왔던 것일까. 힙합을 하고 싶다고, 내가 말하고 싶은 것을 세상에 시원하게 말하고 싶다고, 그래서 힙합을 배우기 위해 영어를 갈고닦고 있다고, 그래서 변의 구박에도 꾹 참아 왔다고 당당히 말해야 하지 않을까. 내 꿈을 눈치챈 변이 철저하게 영어로 나를 놀린 것일까. 고친에게 앤드류가 벽제의 공동묘지와 화장터에 관심을 보였다고 하자, 오늘은 너무 늦었으니 여기서 자고 내일 구경하러 가라고 한다. 앤드류는 우리의 화장 문화가 인도의 그것처럼 스펙터클하지 않다는 설명을 들어서인지, 아니면 여자 친구의 죽음과 관련하여 심경의 변화가 생긴 것인지, 굳이 가서 구경하지 않아도 될 것 같단다.

우리는 더 늦기 전에 서울로 돌아가기로 한다. 왠지 여태 미루고 있던 무언가를 해야 할 것처럼 마음의 활기를 되찾았는데, 앤드류도 비슷한 감정인 것 같다. 떠날 준비가 끝났을 때, 고친의 이마는 붉은 기가 사라지고 없다. 완두콩 공주에 대한 변의 거부 반응을 이야기해 주자, 고친은 완두콩 공주의 까다로움은 직업병이었던 것 같다며 웃는다. 조각가가 되면서 자신이 알레르기를 얻게 된 것처럼, 전문 분야에서 프로가 되는 과정에 한두 개씩 직업병을 얻게 되는데, 공주도 직업이 공주였기 때문에 가장 예민한 부분이 있었을 것이란다. 고친은 한글 활자 몇 개를 앤드류에게 싸 주었고, 두 사람은 뜨겁게 포옹했다. 우리는 셋이서 다시 포옹했는데 토종 한국인도 전혀 어색하지 않았다.

그렇게 우리는 늦은 시간 그 작업실을 떠났다. 돌아오는 길에 나는 솔직하게 그동안 앤드류를 변이라고 속으로 불렀다고 고백했고, 앤드류도 고백할 것이 있다며 그는 나를 프리(Free)라고 속으로 불렀다고 응대했다. 좋은 뜻인가 했더니, 그것은 프리 사이즈의 준말이란다.

"프리 사이즈라면 누구나 입을 수 있는 옷?"

"영어로 정확한 표현은 원 사이즈(one size)인데, 한국에서는 프리 사이즈라고 하더군. 프리 사이즈는 공짜로 주는 사이즈인데, 틀린 표현이라고 말해 주지 않은 이유가 뭔지 알아? 네가 옷 가게에서 프리 사이즈를 달라고 말하면서 돈을 지불하더란 말이야. 바보라고 생각하면서 속으로 프리라고 불렀지."

바보와 똥은 서로 좋다고 웃는다. 우리는 늦여름의 마지막 열기가 들끓는 도로 위에서 안전띠에 묶인 몸을 움직일 수 있는 만큼 움직이며 떠들어 댄다. 버려진 혹은 포기되었던 우리의 과거의 부분들이 무엇이었는지, 그들은 어디로 흘러가고 있는지, 어느 기슭에 가서 무엇이 되었을지, 우리에게는 무엇이 남아 있는지 차례차례 혹은 서로 다투어 이야기하다가, 차장 앞에 나타난 노랑 혹은 초록 불빛이 추는 춤에 반해 한동안 입을 다문다.

반딧불이야.

나는 이슬을 먹고 사는 벌레며 산소와 반응하는 루시페린의 빛에 대해 아는 체했다. 변은 그 빛에 매혹당해 가슴이 설렌다고 했다. 교외의 밤길을 축제처럼 밝히는 반딧불이들이 어쩌면 공동묘지에서 흘러나온 죽은 자들의 인(P)일 수도 있다는 말은 변에게 하지 않았다.

서울의 화려한 불빛이 보일 즈음, 짓궂은 예전의 표정으로 돌아온 앤드류가 나에게 말했다. 더 쓸모없어진 인쇄 활자들을 찾아 전국을 헤매고 다닐 때만 해도 다들 미친년이라는 소리를 했다잖아. 너도 이제 돌아가면 각오 단단히 해야겠다. 스펙 쌓지 않고 노래할 테니 말이야. 하지만 나를 네 팬으로 끌어들일 생각은 꿈도 꾸지 마. 나는 대답 대신 앤드류에게 지적당해 속을 끓였던 모든 콩글리시들을 생각나는 대로 떠올려 흥얼거리기 시작했다. 몇 번

되풀이하자, 내 고통의 콩글리시들이 점점 리듬을 타기 시작한다. 내 첫 번째 자작곡은 그렇게 굴러가는 차처럼 빨라졌다가 느려졌다 만들어지고 있었는데, 가수 싸이의 〈강남 스타일〉 덕분에 더 유명해진 강남역 부근에서 앤드류와 소주를 마신 순간부터 시작된 〈콩글리시의 수난기〉였다.

내가 원샷 외치자, 앤드류는 보텀업(bottom up)

(원샷(one shot)은 one kill에서 나온 표현으로 한 방에 죽이겠다는 뜻이라던가)

내가 핸드폰 외치자, 앤드류는 모빌 폰(mobile phone, cellphone)

내가 노트북이라고 했더니, 앤드류는 노트북 컴퓨터(notebook computer)

(노트북은 정말 공책이다)

내가 포켓볼 했더니, 앤드류는 풀(pool)

내가 선크림 했더니, 앤드류는 선스크린(sunscreen, sunblock)

내가 파이팅 했더니, 앤드류는 고!(Go!)

(파이팅은 정말 싸우자 맞장뜨자라는 뜻이란다)

내가 모닝콜 했더니, 앤드류는 웨이크업 콜(wake up call)

(모닝콜은 호텔에서 투숙객을 깨워 주는 서비스라며 우리 집은 호텔이 아니라던가)

내가 커닝 했더니, 앤드류는 치팅(cheating)

내가 아이쇼핑 했더니, 앤드류는 윈도 쇼핑(window shopping)

내가 미팅 했더니, 앤드류는 블라인드 데이트(blind date)

(상대방이 누군지 모르고 나가는 미팅을 눈 가리고 하는 미팅이라네)

내가 트레이닝 팬츠 했더니, 앤드류는 스웨트 팬츠(sweat pants)

내가 타이어 펑크 했더니, 앤드류는 플랫 타이어(flat tire)

(후렴구)

아아, 내 이름은 프리 사이즈, 앤드류의 이름은 원 사이즈

아아, 내 이름은 프리, 앤드류의 이름은 원

너희가 힙합을 알아? 우리는 힙합을 알아!

뇌 속에 깊이깊이 새겨져 있었던 탓인지, 콩글리시 가사가 힙합 리듬에 맞추어 입에서 술술 흘러나온다. 내가 운전대를 툭툭 치면서 노래를 되풀이하자, 노래는 창밖의 바람을 신선하게 만들고, 바람은 이미 다가오고 있는 다음 계절을 위해 가로수의 나뭇잎도 흔들고, 죽어도 노래는 부르지 않겠다던 인간의 마음도 흔들어, 앤드류가 내 노래를 따라 부르기 시작한다. "내가 원샷 외치자"라고 전반부를 노래하면, 앤드류가 "앤드류는 보텀업!"이라고 리듬을 맞추며 후반부를 노래한다. 잔뜩 찌그러져 벽제로 갈 때와는 다르게, 우리는 서울에 도착할 때까지 그 노래를 반복하고 또 반복한다. 내 이름은 프리 사이즈, 앤드류의 이름은 원 사이즈. 앤드류는 내 첫 번째 팬이 되어 버린 것을 부인할 수 없을 것이다. 세상의 어떤 것으로도 억누를 수 없는 나는 프리! 나를 괴롭혔던, 담요 밑에

깔린 완두콩처럼 나를 불편하게 했던 콩글리시! 고친은 내가 작업대를 일부러 넘어뜨린 것도 알고 있었을 것이다. 아아, 내 이름은 프리!

전춘화

2023년 소설집 『야버즈』로 작품 활동을 시작했다.
『바우키스의 말』(공저)을 썼다.
김유정문학상을 수상했다.

블링블링 오 여사

엄마의 첫 간병 환자는 택시에 치여 다리가 마비된 열여섯 살 소녀였다. 매일 왜소한 소녀를 샤워실에 업고 가 목욕을 시킨 뒤 휠체어에 앉혀 재활실에 데려가고 가끔 병원 밖 작은 공원으로 산책을 시켜 주는 것이 엄마의 일이었다. 월순이 이모는 초보가 하기에 적합한 환자라며 적당히 일이 손에 익은 뒤에 더 좋은 자리로 소개해 주겠다고 했다.

정작 엄마는 장장 3년을 소녀의 간병인으로 일했다.

소녀의 엄마는 매주 평일에 두 번, 주말에 한 번씩 딸을 보러 왔는데 올 때마다 엄마의 손을 잡고 말했다.

"우리 서영이 나을 때까지 가족처럼 함께해 주셨으면 좋겠어요. 서영이가 오 여사님을 얼마나 좋아하는데요."

오봉선 53년 인생 통틀어 오 여사님이라고 처음 불러 준 사람은 대한민국 서울시 은평구 모 은행에서 과장으로 일한다는 많이 배우신 분이었다. 오 여사라는 호칭을 처음 들었을 때 엄마는 양꼬치 가게에서 후식 냉면을 먹고 있는 내게 전화해 20년 무명 경력 끝에 빛을 본 여배우가 수상 소감을 말하듯 떨리는 목소리를 애써 진정하며 속삭였다.

"이제 난 오 여사다."

연길 시장 뒷골목에서 배추김치를 팔며 관리인의 발길질에 김치 통이 나뒹굴기도 하고, 맞은편에서 절인 깻잎을 파는 한족 여자에게 로퍼냥*이라는 욕을 듣고 분해서 울었던 때를 생각하면 엄마의 한국행은 제법 괜찮아 보였다. 이미 한국에 정착한 엄마의 단짝 친구 월순이 이모가 엄마에게 추천한 직업이 간병인이었다. 조선족 아줌마들이 하는 일 중에 간병인은 한국인들에게 대접받는 일이라고, 엄마가 한국에 오기 전부터 월순이 이모는 간병 일을 적극 추천했다. 게다가 하루 세 끼 먹고 자는 것도 해결되니 200만 원 정도는 우습게 넘기는 한 달 치 월급이 고스란히 통장에 쌓이기에 엄마가 마다할 이유는 없었다.

"이젠 돈만 벌지 말고 자존심도 좀 챙겨야지. 한국 사람들 밖에서 보면 친절하고 사근사근해도 발밑에서 굴릴 때는 사정없단다. 꾹 참고 10년, 20년 일해 번 돈으로 고향에 아파트 한 채 떡하니 사고 그다음엔 다들 마음에 병이 와서 우울증이요 암이요 하지

*늙고 추한 여자라는 뜻이다.

않던?"

월순이 이모는 한국 생활 15년 동안 쌓은 생존 노하우를 엄마에게 하루빨리 전수하지 못해 안달이 난 사람처럼 통화할 때마다 늘 열정적이었다.

서영이를 1년 정도 돌봤을 때 월순이 이모가 사례비 인상을 요구해 보라고 하자 엄마는 폭죽 소리에 화들짝 놀란 참새처럼 목소리까지 떨며 연신 머리를 저었다.

"못 한다, 못 해. 그리 못 해! 어떻게 돈을 더 달라고 하니?"

"어이구, 은행 과장이라며? 여자가 은행 과장이면 남편도 어느 정도 잘나가는 사람이지. 그 사람들은 우리가 사정 봐줄 그런 사람들 아니라니까. 여긴 보험이 얼마나 잘돼 있는데, 아픈 애 있어도 자기 명의 아파트도 있고 자가용 몰고 올 정도면 말해 볼 만한 것 같은데."

월순이 이모는 엄마가 한국행을 결심한 것이 노후 준비와 딸의 결혼 자금 마련을 위한 것임을 다시 한번 상기시켜 주며 지금 엄마가 받는 월급이 업계에서는 평균 20만 원 정도 낮은 거라고 똑 부러지게 알려 줬다.

"20만 원이 작은 것 같지? 1년이면 240만 원, 4년이면 천만 원이야. 천만 원이면 중국 돈으로 얼마게? 거의 6만 위안이야."

엄마는 늘 월순이 이모를 부러워했다. 저렇게 똑 부러지고 계산을 잘하니 아들 셋을 장가보내고 아파트를 마련할 때 돈도 보태 줄 수 있었겠지, 엄마는 딸 하나인데도 뭘 해 준 게 없어 그 딸이 대학원을 다니며 밤늦게까지 번역 알바를 하는 거라고, 가끔 내 앞에서 들으라는 듯 땅이 꺼질 것처럼 한숨을 내쉬었다. 나는 절대 아니라고 강하게 부인했다.

"아니지, 엄마, 거꾸로 생각해 봐. 월순이 이모는 아들 셋이나 있으니 저 정도로 계산을 잘하는, 강한 쇠 같은 사람이 된 거고 엄마는 영리하지는 않아도 나름 열심히 사는 딸 하나니까 사력을 다해 살지 않아도 되는 거야. 다 자기 팔자지 뭐."

엄마는 아주 사소한 일이라도 생기면 먼저 나에게 전화해 소녀처럼 사뭇 흥분한 목소리로 보고 들은 그대로를 읊조리다가 마지막에는 늘 어딘가 상심하거나 자책하는 듯한 엄마 특유의 기운 빠지는 넋두리를 했다. 늘 에너지가 넘치고 계산이 빠른 월순이 이모는 엄마에게 사나흘에 한 번 연락해 와서 관심 반, 궁금증 반으로 이것저것 물어보고는 엄마의 일과에 대해 이건 이렇고 저건 저렇다며 잔잔한 호수에 돌멩이들을 툭툭 던졌다. 그때마다 엄마는 잠 못 이루고 그 돌멩이들을 가슴에 부등부등 껴안고 어떻게든 소화하려 애를 썼다. 월순이 이모의 말은 반박할 수 없을 만큼 거의 매번 사리 밝고 정확했으며, 엄마는 또 매번 격하게 수긍을 하면서도 결국은 그대로 실천하지 못해 스트레스를 받았다.

어쨌든 이번에도 월순이 이모가 건넨 돌멩이는 자그마치 6만 위안이었다. 그 돈은 지금까지 엄마 통장에 단 한 번도 스쳐 간 적 없는 금액이었다. 엄마는 당장 그 6만 위안을 손해 보게 생겼거나,

사기를 당한 사람처럼 며칠을 넋을 잃고 전전긍긍했다. 엄마가 어떻게 생각하고 마음을 먹기에 따라 6만 위안은 눈에 보이는 실체가 되기도 하고 아예 없었던 일이 되기도 하는 거라고 월순이 이모가 쐐기를 박은 그날, 엄마는 청심환까지 챙겨 먹고 아침 일찍 찾아온 서영이 엄마에게 월급을 올려 줬으면 좋겠다고, 준비물을 미처 챙겨 오지 못해 선생님에게 혼나는 학생처럼 머리를 숙이고 기어들어 가는 목소리로 말했다.

"이제 우리 서영이 예뻐하지 않으시는 거예요?"

"서영이 예쁘지요. 매일 예뻐하지요."

서영이 엄마는 "음…" 하면서 팔짱을 끼고 둘째 손가락으로 왼팔을 몇 번인가 톡, 톡 건드리다가 알겠다고 대답했다. 그달 엄마의 통장에 5만 원이 더 꽂혔고 엄마는 한순간의 용기로 2만 위안 정도는 챙긴 것 같아 많이 흥분해 있었다. 그러나 월순이 이모는 어머 어머머, 기가 찬 듯 혀를 내두르면서 당장 그만두라고 딱 잘라서 말했다.

"아이고 봉선아! 정신을 차려라! 남들은 20년 전에 한국에 들어와서 이미 아파트 한 채 사고 아들딸 아파트도 다 샀다. 연길에서 꾸물대면서 배추김치나 팔아 몇 푼 챙기다가 늦게 시작했으면 머리라도 빨리빨리 굴려야지. 올해 벌써 쉰넷인데 이제 일할 수 있는 햇수가 얼마나 있을 것 같니. 눈 딱 감고 몇 년만 빡세게 벌어야 한다니까. 다리 마비된 애는 이삼 년 재활 치료 해도 낫지 않아. 내일모레 당장 죽을 할배 할매 환자 잘 잡으면 페이는 페이대로 받고 그 자식들이 돈봉투 손에 쥐여 주면서 수고해 주십사, 허리 부러지게 인사하는데 뭐가 아쉬워서! 은행 과장이 뭐가 그리 잘났다고 지 새끼 봐 주는 한참 나이 많은 어른 앞에서 팔짱 끼고 그런다니!"

월순이 이모의 말도 일리가 있기는 한데, 서영이를 예뻐한다고 하면서 페이가 낮다고 일을 그만두면 그건 거짓말이 아니고 뭐니, 엄마는 스스로도 납득이 되지 않는지 혼자 중얼거렸다. 엄마는 그렇게 또 1년 동안 서영이와 함께 일상을 보냈다.

이제 서영이는 집에서 매주 4회씩 병원에 통원 치료를 다니게 됐다. 서영이 엄마는 개인 과외도 받아야 하고 외출이 편하게 기사 아저씨도 고용해야 해서 지출이 많아졌다고 엄마 앞에서 처음으로 울상을 지었다. 엄마는 그때 이제 다른 곳으로 가도 되는 건가 싶어 내심 마음이 편했다. 언제나 그랬듯 상대방이 불필요하다고 사인을 줘서 그 자리를 뜨는 것이 붙잡는 사람의 팔을 뿌리치고 가는 것보다 마음이 훨씬 더 편했으니까.

그런데 그게 아니었다. 기사 아저씨에게 서영이를 맡겨 통원 치료를 보내기에는 불안하니 엄마가 늘 동행했으면 좋겠다고, 서영이를 안아 휠체어에 앉히는 체력적인 일은 기사 아저씨가 할 것이니 불필요한 스킨십이나 불미스러운 일이 생기지 않도록 엄마가 늘 봐 주고 (여기까지 말하면서 서영이 엄마는 엄마의 손을 꼭 잡았다. 오 여사님, 예전보다 힘들지 않으실 거예요.) 이제 집에서 서영이의 식사를 챙기고 간단한 청소를 하는 등 가정부로 아예 일해 줬으면 좋겠다고 했다.

"오 여사님이라면 믿고 맡길 수 있을 것 같아요. 페이는 그대로 다 드릴 테니까 우리랑 가족처럼 오래오래 같이 일하셨으면 좋겠어요."

월순이 이모는 이 타이밍이 둘이 훈훈하게 마무리할 수 있는 좋은 기회였는데 놓쳤다고 엄마를 타박했고 엄마는 믿고 맡긴다는데 어떻게 섭섭한 소리를 할 수 있냐고 갸우뚱했다. 매번 생각이 달라도 너무 다른 둘을 옆에서 지켜보며 "둘이 친구 맞아?" 하고 미심쩍게 물으면 엄마는 아주 오래전 월순이 이모가 한국에 나오기 전까지는 둘이 서로 "맞아 맞아, 나도 그래!"를 수없이 외쳤던 사이였다고 변명 아닌 변명을 했다.

서영이 엄마는 "여사님~ 여사님~" 하면서 하루에도 몇 번씩 엄마에게 이것저것을 부탁했다. 서영이가 좋아하는 딸기를 주문했는데 위에 싱싱한 딸기를 다 먹고 뒤늦게 확인한 스티로폼 포장지 밑 딸기가 반 정도 썩어 있자 서영이 엄마는 날 선 목소리로 고객센터에 전화를 걸어 반품을 요구했다. 차갑고 딱딱한 목소리로 월순이 이모보다 더 똑 부러지게 클레임 내용과 보상 요구를 말한 뒤 뒤처리를 엄마에게 맡겼다. 뒤처리란 썩은 딸기 인증 사진과 구매한 내역 캡처본을 고객 센터에 이메일로 발송하고 다시 전화를 걸어 메일 수신 여부, 새 딸기 출고 시간을 확인받는 것이었다. 그 일들은 결국 나에게 떠넘겨졌는데 이런 건 거절해도 되지 않을까 하고 넌지시 물어보니 엄마는 절레절레 머리를 흔들었다. 서영이 엄마에겐 거절할 수 없게 만드는 마력이 있다고 했다. 고객 센터 직원에게는 차갑고 냉정하게 전화를 끊고, 돌아서서 엄마에게 따뜻한 말로 부탁하는 그 온도 차이에 엄마는 어린아이처럼 어찌할 바를 몰라 했다. 월순이 이모와 합세하여 일을 그만두라고 했지만 엄마는 모든 비극을 몰고 다니며 늘 콧물 눈물을 질질 짜는 비련의 여주인공처럼 고구마 열 개를 먹은 듯한 전개 없는 이 스토리를 끊어 내지 못했다. 엄마가 서영이 엄마의 부탁을 거절 없이 모두 들어주는 또 다른 이유는 서영이 엄마가 별거 중인 서영이 아버지에게 아직도 가끔 늦은 밤 술에 취해 받지도 않는 전화를 걸어 악담을 퍼붓거나, 울다가 마스카라가 눈에 번진 채로 잠들어 엄마가 양말을 벗겨 주고 침대에 부축해서 눕혀 주는 고된 날들을 겪는 중이었기 때문이다. 다음 날 엄마와 눈도 못 맞추고 "여사님, 어제는 고마웠어요."라는 휘갈겨 쓴 쪽지와 함께 백화점 상품권 5만 원짜리를 식탁에 놓고 아침밥도 거른 채 출근하는 서영이 엄마에게 엄마는 친근감을 느꼈다고 했다. 한국 사람이라고 별다를 게 없는 그냥 사람이더라며 그런 날은 에너지가 넘쳐 집 구석구석 먼지까지 꼼꼼히 털어 냈다.

엄마는 서영이 엄마가 시키지 않아도 친정 엄마처럼 집안의 궂은일 마른일 가리지 않고 열심히 했다. 고객 센터에 전화해 클레임을 걸거나 서영이의 미술 선생님이 서영이가 그린 수채화를 보며 한숨을 쉰 것도 서영이 엄마에게 고자질할 정도였다. 서영이는 자신이 유일하게 잘할 수 있는 게 그림이라고 믿었다. 한동안 서영이 엄마는 딸아이에게 꿈을 심어 주기 위해 서영이가 미래에 할 수 있는 직업들, 그러니까 발로 돌아다니지 않아도 되는, 다리가 마비되었지만 꿈을 이룬 선례가 있는 피아니스트나 화가, 일러스트 디자이너 등의 정보를 인터넷에서 모조리 뽑아 서영이에게 보여 주고 펜 드로잉 전시회, 흙 그림 개인전, 사진전, 네 손가락으로 피아노를 치는 피아니스트의 공연 등에 데리고 갔었다. 이런저런 시도 끝에 서영이는 그림 그리기에 관심을 갖기 시작했고 재활 치료에 더 의욕을 불태웠다.

서영이 엄마는 대학생인 미술 선생님에게 전화를 걸어 이제 몇 개월밖에 못 배운 애가 그림을 잘 못 그릴 수도 있는데 한숨을 쉬는 게 선생님으로서 올바른 태도냐고 따졌다. 미술 선생님은 한숨을 쉰 것이 기억나지 않는다고 했다가 요즘 개인적인 일로 힘들어서 한숨을 쉰 것이지 결코 서영이 그림 때문은 아니라고 극구 부인한 뒤 서영이에게 카톡으로 사과하고 알바를 그만뒀다.

그날 밤 서영이 엄마는 곯아떨어진 서영이의 다리를 붙들고 통곡하며 울었다. 엄마도 같이 울며 서영이 엄마에게 두루마리 휴지를 두 겹씩 끊어 건네줬다. 그렇게 둘이서 두루마리 휴지 한 통을 다 쓰고 마룻바닥에 같이 누워 잠든 다음 날 아침, 엄마는 일찍 일어나 곰국을 끓여 놓았지만 서영이 엄마는 먹지 않았다.

이상하게 엄마가 더 열심히 일할수록 서영이 엄마는 점점 더 예민해졌다. 어느 날은 라면을 끓여 놓고 서영이의 샤워를 돕는 엄마에게 소리 질렀다.

"아줌마! 가스를 켜 놓고 샤워시키지 말라고 했죠!! 몇 번을 말해요?!"

엄마는 "네네! 죄송합니다!" 하고 허둥지둥 나와 가스불을 끄고 서영이 엄마와 눈도 마주치지 못했다. 서영이 엄마는 신경질적으로 불은 라면을 변기통에 버리고 침실에 들어가 버렸다. 엄마가 마음을 가라앉히고 서영이의 저녁밥을 준비할 때쯤 밥 먹을 때 말고는 방에서 잘 나오지 않는 서영이가 휠체어를 끌고 나와 침실 방문을 탕탕 두드렸다.

"엄마, 나와! 언제까지 애처럼 철없이 굴래?! 엄마 때문에 아빠도 집을 나가고 미술 선생님도 일 그만뒀잖아. 봉선이 할머니까지 그만두면 나 진짜 그냥 죽어 버릴 거야!"

마스카라가 번진 서영이 엄마가 코를 훌쩍거리며 코 꿰인 송아지처럼 고분고분 방에서 나왔다. 셋이 마주 앉아 삼계탕을 먹는데 엄마는 서영이 엄마를 미워할 수가 없었다 한다. 어쩌면 이 두 사람의 삶에 엄마의 지분이 엄마가 감당할 수 없을 만큼 엄청난 것 같아 그냥 이 집에서 오래오래 일할까 싶었다고 했다.

일상은 다시 전동 자전거 바퀴처럼 어느 누구도 힘주어 페달을 밟지 않았음에도 터덜터덜 굴러갔다. 유머 감각이 넘치는 새로운 남자 미술 선생님이 왔고 서영이는 하하 호호 웃으면서 즐겁게 그림을 그렸다. 그동안 서영이를 병원에 픽업하는 남자 기사는 다섯 번이나 바뀌었고, 서영이 엄마는 재산 분할, 서영이 양육비 금액 조정 건 등으로 몇 번이고 보이지 않는 남편과 전화 통화로 날카롭게 싸웠다. 바뀌지 않은 건 거의 3년을 서영이를 돌봐 준 엄마였다. 하루 종일 엄마와 붙어 있는 서영이는 엄마가 나와 영상 통화를 할 때면 옆에서 장난스럽게 혀를 날름거리며 짧게 인사를 나누기도 하고 자신이 그린 그림들을 모아 놓고 상세하게 설명해 주기도 했다. 엄마가 중국에서 가져온 자극적인 주전부리들을 맛있게 먹고 마라탕도 자주 배달시켜 먹으며 미술 선생님을 짝사랑한다는 사실을 엄마에게 비밀스럽게 털어놓기도 했다. 엄마 생일에는 며칠 동안 밤새워 그린 그럴듯한 엄마 초상화를 선물로 주기도 했는데 서영이는 또래 아이들과 거의 어울리지 못해 세련됨이 결핍한 그 자리에 아이다운 순수함과 솔직함이 가득했다. 쉽게 상처받고 울기도 잘 울었지만 금세 잘 풀렸다.

이제 월순이 이모는 연락이 뜸해졌고 나도 엄마의 일상을 지켜보고만 있었다. 모두에게 맞는 자리가 있는 것이고 엄마는 서영이네 가족에 묻혀 사는 게 편한 거라고 믿고 싶어졌다. 그러나 3년째 되던 연말, 엄마는 추운 겨울 트렁크를 끌고 서영이네 집을 나왔다. 반영구 아이라인과 짱구 눈썹 문신을 한 서영이 엄마가 늦은 밤 집에 돌아와 큰 결단을 하듯 엄마를 불러 주방 테이블에 마주 앉았다. 이혼 문제도 만족스럽지는 않지만 그런대로 마무리됐고 직장에서 또 한 번 막 승진을 했던 시점이었다.

"오 여사님, 지금껏 제가 고용했던 사람 중에 여사님은 저희랑 가장 오래 일한 분이세요. 심성도 고우시고, 성실하시고… 가끔은 정말 친정어머님 같은…."

여기까지 말하며 서영이 엄마의 입술이 살짝 떨렸지만 이내 안정을 되찾았다.

"마음 같아서는 오래오래 계속 일하고 싶은데… 서영이 내년 3월이면 대안 학교로 보내려고요. 파트타임으로 가정부로 일하실 분은 따로 고용할 예정이에요."

여기까지 들은 엄마는 서영이네 가족과 헤어질 생각에 눈물을 글썽이며 서영이 엄마 손을 잡았다.

"서영이 엄마, 난 괜찮아. 파트타임으로 페이가 적어도 일할게."

서영이 엄마는 손을 슬쩍 빼며 침착하게 말을 이어 갔다.

"제가 미안해지죠. 사람이야 새로 고용하면 서영이는 또 금방 적응할 거예요."

"걱정돼서 그래."

엄마가 눈물 한 방울을 툭, 떨구자 서영이 엄마의 눈시울이 빨개지며 목소리에 다소 날이 섰다.

"뭐가 걱정되는데요?"

엄마는 본능적으로 하지 말아야 할 말을 했다는 것을 깨닫고 입을 다물었다.

며칠 뒤, 짐이 한가득한 트렁크를 들고 내가 사는 원룸에 들어온 엄마는 오랜만에 월순이 이모에게 전화를 걸었다.

"봉선아, 너에게 서영이 엄마라는 사람이 어떤 존재인지는 모르겠지만 그 사람에게는 언제든 교체할 수 있는 노동력일 뿐이야. 정 주지 마."

그동안 늘 월순이 이모의 말에 일리가 있다고 머리를 끄덕이던 엄마는 이번만큼은 아니라고 언성을 높였다.

"교체된 건 맞는데 그래서 그런 건 아닐 거야. 서영이 엄마가 밉지도 않고 이해가 되는데 뭘."

엄마는 이 지구에 엄마 한 사람이 없음으로 인해 행여 지구가 1초라도 늦게 회전할까 전전긍긍하며 모두에게 잘하려고 애썼다. 오늘 마주쳤던 사람에게도 미안해하고 섭섭해하며 정을 주었다. 월순이 이모는 아무래도 그런 엄마가 걱정돼서 엄마 한 사람이 없어도 지구는 눈 깜짝하지 않으며, 엄마는 언제든 대체될 수 있는 소모품임을 그가 살아온 방식의 언어로 이해를 시키고 싶어 했고, 둘은 그날 이 때문에 소소한 말다툼을 했다. 둘은 예상했던 대로 끝나지 않을 것 같은 말다툼의 마지막에 나를 끌어들였다. 엄마가 덜 상처받도록 설득하기를 원하는 월순이 이모와 무조건 같은 편이길 원하는 엄마의 애절한 눈빛 사이에서 나는 노트북에 타다닥 열심히 타이핑하던 손을 멈추지 않고 무심한 듯 물었다.

"서영이네 일한 거 후회해요?"

"아니."

"그럼 됐어요."

월순이 이모는 머쓱한지 "후회가 없다면 뭐…" 하고 말끝을 흐렸고 엄마는 내심 편을 들어 준 것 같아 소녀처럼 해맑게 웃었다.

첫 돌봄 환자 가족에게 '심성이 곱고 성실하다'는 평가를 받은 엄마가 순조롭게 밟은 두 번째 코스는 요양 병원이었다. 한 병실에 있는 무려 여섯 명의 할머니를 돌보게 됐는데 그것 또한 똑 부러진 월순이 이모의 의견이었다. 내일 당장 죽을 것 같은 환자는 아직 엄마가 감당하기 힘들 것 같고 시름시름 앓는 할머니들의 목욕이나 가래 뽑기, 기저귀 갈아 주기부터 적응하는 게 좋겠다고 했다.

"할머니 여섯 명이면 말이야, 여섯 환자 가족들이 서로 눈치 보면서 매달 팁이라고 조금씩 찔러줄 거다. 최소 5만 원씩만 줘도 한 달 30만 원은 기본이잖니."

엄마는 2년 만에 다시 돈에 대한 욕구를 활활 불태우며 로뎀나무 요양원에 들어갔다.

월순이 이모의 말대로 자식들은 한 달에 두세 번 과일 바구니를 들고 보러 왔는데 핸드폰으로 손자나 손녀와 영상 통화를 잠깐 시켜 주고, 담당 의사를 만나 상황을 간단하게 전해 들은 후 한 달간 치료 내역을 확인하고, 마지막으로 하는 일은 늘 복도에서 엄마를 불러 손을 따뜻하게 잡고 산뜻한 인사 끝에 돈봉투를 찔러주는 일이었다. 자식들의 잠깐, 잠깐이 할머니들에겐 한 달 중에 가장 기다리는 시간이었고 어쩌면 그 시간을 위해 무의미한 매일을 버티고 있는 건지도 몰랐다.

"저희 어머님한테서 오 여사님이 자식처럼 잘 챙겨 주신다고 들었습니다. 잘 부탁드립니다."

부동산 중개업자인 누군가의 딸이, 바른 먹거리 삼겹살집 사장인 누군가의 아들이 엄마에게 허리 굽히며 봉투를 들이밀 때, 엄마는 월순이 이모에게 미리 들었음에도 불구하고 어찌할 바를 몰라 입은 "고맙습니다."라고 말했지만 손은 사양하듯 돈봉투를 상대방 쪽으로 밀었다. 엄마에게 돈이란 건, 그것도 5만 원, 10만 원은 하루 종일 배추김치를 팔아야 생기는 것이자 아껴 먹고 아껴 써야 통장에 빠듯하게 쌓이는 것이어서 누군가가 봉투에 담아 주는 공짜 돈을 받으려니 멈칫하게 되고 덜컥 겁이 나기도 하는 그런 것이었다.

한 번씩 보호자들이 다녀간 날이면 엄마는 연길에서 챙겨 온 빨간 김치 국물이 묻은 손바닥만 한 노트를 꺼내 정성스럽게 적었다.

1호 고관절 수술 할머니네 둘째 아들 10만 원, 셋째 딸 5만 원

2호 고혈압 할머니네 막내딸 10만 원

3호 관절 수술 할머니네 아들 5만 원

월순이 이모는 정신이 또렷한 할머니들은 엄마가 어느 환자에게 더 손이 가는지 정확히 알고 있으니 돈봉투 금액이 큰 순서로 챙겨 주라고 했다. 엄마는 언제나 월순이 이모가 알려 주는 팁에

대해 감사하게 생각하고 긍정하며 그렇게 할 것처럼 알겠다고 대답했지만 실상은 3호 할머니를 더 살뜰히 챙겼다. 3호 할머니가 젊은 시절에 일찍 남편을 여의고 김치 장사를 하며 아들 셋을 키웠다는 이유에서였다.

"딸, 1호 할머니는 말이야, 바람도 두 번이나 폈고 건물주래. 미국에 있는 첫째 딸은 연락 한번 없고 둘째 아들과 막내딸이 경쟁하듯이 매달 와서 열심히 내게 돈봉투를 주는 것 같아. 그리고 1호 할머니가 얼마나 까칠한지 알아? 날 한 번도 여사님이라 부른 적도 없어. 3호 할머니는 얼마나 정이 넘치는데… 평생 팔자 사납게 사신 분이 마지막까지 덜 챙김받는 게 영 마음에 내키지 않는다."

엄마의 마음을 따라 손길이 3호 할머니로 기우는 순간, 다음 달 찾아온 1호 할머니네 아들과 딸의 돈봉투가 얇아졌다.

"거봐 거봐 내가 뭐랬어. 그 여우 같은 1호 할매가 딱 누워서 다 캐치하고 아들딸에게 일러바친 거지."

월순이 이모 말에 엄마는 잠깐 고민하는 듯 보였지만 여전히 마음을 3호 할머니에게로 굳혔다. 골고루 다 챙겨 주면 좋겠지만 같은 관절 수술 환자인 두 할머니가 동시에 엄마를 호출할 때 엄마는 어김없이 3호 할머니에게 먼저 달려갔다.

그러다 1호 할머니가 어느 날 조용히 엄마를 불렀다.

"자네, 내가 말을 빙빙 둘러서 하지는 않겠네. 우리 아들딸이 주는 팁이 시원찮던가? 포장마차 하는 아들 둔 노인네보다는 더 줬겠지. 간병인은 환자에게 편견을 가지면 안 되는 자리인 것 같아.

거의 죽어 가는 늙은 몸이 한 번이라도 더 자네 손길이 필요할 텐데 본분을 망각하면 안 되지. 내 입으로 이런 소리까지 하다니… 원… 서러워서….”

엄마는 뭐라 그럴듯한 변명거리를 찾지 못하고 그때부터 둘 다 최대한 공평하게 챙기기로 했다.

반년 뒤, 여섯 명 중에 제일 먼저 자리를 비운 건 1호 할머니였다. 엄마는 미처 이런 결말을 상상도 못 했던 듯 며칠을 넋을 잃고 지냈다. 이럴 줄 알았다면 1호 할머니에게 더 잘하는 건데, 왜 그때는 몰랐을까 하며 외할머니가 세상을 떠났을 때와 비슷한 수준의 넋두리와 후회의 한숨을 토해 냈다.

간병을 하다 보면 과일을 깎아 입에 넣어 주면서 환자 침도 닦아 주게 되고, 기분 좋아진 환자가 풀어놓는 살아온 얘기도 듣게 되고, 그렇게 되면 가족보다 내가 더 이 환자를 잘 안다는 착각이 들고, 그 착각의 시간이 차곡차곡 마른빨래처럼 쌓이다가 어느 날 환자가 침대를 비우면 참 오만가지 생각과 별 기분이 다 드는 거라고, 원래 그런 거라고 월순이 이모가 엄마를 위로했다.

“맞아요, 엄마. 시간이 지나면 차곡차곡 쌓인 빨래들이 많아지고, 그러다 보면 처음에 개켜 놓은 빨래들이 잊히고, 그렇게 점점 감정 없이 숙련된 동작으로 개게 될 빨래 양만 많아지게 되는 거잖아요.”

나까지 합세해서 엄마를 다독였고 엄마는 다른 할머니들이 침대를 다 비울 때까지 다른 일자리를 찾지 않겠다고 마음을 단단히 먹은 것으로 이 일은 마무리를 본 듯했는데 그 이듬해 봄에 3번 할머니와 4번 할머니가 이틀 사이에 나란히 퇴실하자 엄마는 급하게 일을 그만두었다. 내가 살던 원룸에 찾아와 밤에는 부엉이처럼 눈을 부릅뜨고 멍하니 앉아 있다가 낮에는 힘없이 드러누워 잠만 잤다. 퇴실했다는 건 큰 병원에 옮겨 간 것이지 세상을 떠난 건 아니잖아요, 치료받고 집에 갔을 수도 있고요, 시답지 않은 위로랍시고 말을 걸어 봤지만 엄마는 가타부타 말이 없었다.

엄마는 한동안 월순이 이모의 전화를 받지 않았다. 월순이 이모는 언제나 맞는 말을 했기에 가끔 그 말들은 엄청난 화력으로 날아오는 총알 같아서 꼭 피해야만 숨이 쉬어질 것 같았던 모양이다.

월순이 이모는 포기하지 않고 내 번호로 전화를 걸어 왔다.

"네 엄마는 마음이 너무 여려서 문제다. 아님 공장이나 갈빗집 같은데 설거지 일이라도 해 보라 그래. 몸을 움직여 줘야 마음이 덜 보채거든."

나는 엄마가 상처를 받은 것인지, 상심한 것인지, 놀란 것인지, 어떤 무력감에 휩싸인 것인지, 슬픈 것인지 엄마가 온몸으로 느끼는 그 감정의 무게를 가늠할 수가 없었다. 나도 오래전에 한국에 왔을 때 엄마의 딸답게 내 감정에 충실했다. 그때의 감정이라는 것은 이름표를 자신 있게 붙일 수 있을 정도로 분명한 것들이었다. 한순간 파도가 밀려오는 것처럼 단순명료하게 기쁨이나 슬픔, 실망, 억울함이라고 콕콕 짚어 말할 수 있는 것들이었는데 어느 순간부터 예상할 수 없고 컨트롤할 수 없는 상황들을 무방비 상태로 경험하면서 점점 설명할 수 없는 다양한 감정들이 징그러운 뱀처럼 한데 엉겨 붙어 마음 안에 똬리를 틀었다. 그럴 때마다 나는 몇 번 숨을 내쉬고 그중에서 그나마 명료하게 보이는 만만한 한 가지 감정을 선택하여 서랍 속에 나란히 줄지어 있는 립스틱 중 하나를 꺼내 입술에 바르듯 표정에 발랐다. 다만 나는 끈질긴 데가 있어 노트북에 그날 겪었던 상황과 느꼈던 감정들을 묵혀 두지 않고 하나씩 기억해 내며 적어 내려가는 습관이 있었다. 살인 사건을 추리하는 홈스처럼, 돋보기를 걸고 이벤트 상품이 걸린 낱말 맞추기를 하는 진지한 퇴직 노인처럼, 어른들은 다 아는 지극히 평범하고 일상적인 사물을 세심하게 바라보며 용도를 맞추려고 무진 애를 쓰는 어린아이처럼 말이다.

타인의 감정은 내 것보다 더 오묘했다. 그 감정의 무게나 깊이나 모양이나 그 어떤 것도 나는 쉽게 단언하거나 다가설 수 없어서 고양이처럼 무심한 듯 엄마 옆을 얼쩡거렸다. 어쩌면 엄마도 나처럼 실뱀들이 가슴에 똬리를 틀고 있어 토해 낼 수도, 소화할 수도 없는 답답함에 무기력해진 게 아닐까.

"딸."

며칠 뒤 엄마가 입을 열었다.

오랫동안 묵혀 둔 변비가 겨우겨우 빠져나간 듯 다소 기진맥진해 보였지만 그런대로 안정된 표정이었다.

"한국 사람들은 너무 불쌍한 것 같아. 몸을 혹사하면서 열심히 살다가 덜컥 아프면 자식 얼굴도 자주 못 보고 낯선 조선족 아줌마 손에서 간호받다 가네?"

"엄마, 다 그런 건 아니고… 엄마가 지금까지 서영이네랑 여섯 명 할머니의 인생만 봤으니까."

"그럼 뭐 티브이에서 보는 연예인이나 빌딩 몇 채인 부자들은 죽을 때 자식이 돌본다니? 소변줄, 콧줄 안 하는 건가?"

"요즘은 중국 사람들도 죽을 땐 다 그러죠. 굳이 한국뿐이 아니라…."

"중국도 그렇긴 한데 한국 사람들이 더 불쌍해. 왜 그런지 모르겠네."

그러니까 엄마는 그 며칠을 한국 사람들이 불쌍해서 울었다고 한다. 나는 이 감정을 어떻게 받아들여야 할까, 난감했다.

"엄마, 있지. 우리가 지금 한국 사람들을 불쌍히 여길 입장이 아냐. 그리고 막말로 그런 말을 들으면 한국 사람들이 아주 치욕을 느낄걸? 음… 뭐 어쨌든 사람 사이에 불쌍히 여긴다는 건 엄청난 무례지. 죽을 땐 대부분 소변줄, 콧줄을 달고 간병인에게 간호를 받지 않나? 그 상대가 자식일 수도 있겠네. 그리고 요즘은 웰빙, 웰다잉이 트렌드라 잘 살고 잘 죽기 위해 다들 고심하기 시작했다고. 스위스처럼 존엄사를 실시하는 날이 코앞에 올 수도 있지."

그 말에 엄마는 자리에서 벌떡 일어나며 내 등을 호되게 후려쳤다.

"생각해 보니 우리 딸년은 소설가가 된다며? 지금까지 번 돈으로 아파트를 사지 않을 거야. 계속 죽을 때까지 모으고 저축해서 너 줄게. 그러니까 열심히 글이나 써. 엄마가 죽을 때쯤 되면 옆에 눕혀 놓고 소설을 쓰면서 에미 기저귀도 갈고 간호 좀 해 봐. 의식이 없는데 피딩도 하고 체위 변경도 해야 할 정도면 치료를 거부해 줘."

나는 알겠노라고 일단 머리를 끄덕였다. 남들 직장 다닐 때 간간이 알바나 뛰면서 매일 집에서 노트북을 껴안고 글을 쓰고 있고, 20대 여자라면 한두 개쯤 있다는 적당한 가격의 브랜드 가방도 없이 에코 백에 소설책 한두 권을 강박증처럼 넣고 다니는 딸에 대해 엄마는 늘 걱정했다. 동시에 정서적 안성감도 느끼는 것 같았는데 그건 엄마와 나 사이에 돈에 관해 아쉬운 얘기를 거의 한 적이 없었고, 거의 다투지 않았으며, 엄마가 하는 말들에 대해 잠이 오지 않아 새벽 라디오 방송에 귀 기울이는 청취자처럼 인내심을 갖고 들었기 때문이었다.

며칠 뒤, 엄마가 단기로 간병 일을 계속하고 싶다고 먼저 연락했을 때 월순이 이모는 문자로 세 환자의 정보를 건넸다.

서울 고속 터미널 부근 병원/여 간병사 구함/여 환자(58세, 60kg)/후두암 수술, 석션, 콧줄, 소변통/10만 원×7일+공깃밥 제공/연락처 010-4113-××××

[긴급 구인] 세브란스 격리 병원/여 환자(60세, 45kg)/거동 불가/심장 수술, 석션, 피딩, 기저귀 교체, 소변줄/일당 13만 원+공깃밥 제공/기간 14일 24시간/입실 시간 1월 18일 토요일/연락처 02-591-××××

[개인 여 간병인 급구] 직장암 수술, 부축 보조, 간단 보조/일당 10만 원/식사 본인 해결/기간 10일/단, 환자가 말을 많이 함, 일은 편함/연락처 010-9076-××××

엄마는 한번 쓱 훑어보더니 3번으로 가겠다고 했다. 중증 환자는 처음이라 석션이나 피딩이 부담스럽겠지만 그거야 하다 보면 금방 익힐 텐데, 말을 많이 하는 환자가 더 까다롭지 않을까, 무슨 말을 할 줄 알고,라고 월순이 이모가 넌지시 말렸다. 요즘 세상은 말이야, 다들 몸이 잠깐 힘든 것보다 마음이 지치는 걸 더 싫어하더라고. 몸이야 내 것이 아니다 하고 내놓으면 그만이지만 마음은 내 것이더라고. 월순이 이모 말에 나도 옆에서 맞장구를 쳤다. 맞아요, 엄마, 몸이 잠깐 힘든 건 며칠 또 쉬면 회복되는데 마음은 잘 회복이 안 될 때가 더 많더라고요.

엄마는 많은 조선족이 코리안 드림에 몸을 실어 한국을 자유롭게 드나들던 지난 20년 동안 연길 시내에서 직접 만든 김치를 팔았다. 아무리 돈이 좋대도 자식을 떼어 놓으면서까지 먼 길을 떠나고 싶지 않았던 마음이 6할, 딱히 미래에 대한 불안이나 계획이 없고 부귀영화를 누릴 욕심은 더욱 없는 엄마 특유의 수수함이

4할이었다. 그러다 주위의 지인들이 코리안 드림에 대한 환상이 와장창 깨지고 여기저기서 신음 소리와 한국에 대한 안 좋은 얘기를 서슴없이 할 때 엄마는 자신을 닮아 수수하기 그지없는 딸의 한국 생활과 부모의 물질적 서포트로 한국에서 벌써 자리를 잡아 가는 다른 집 자녀들 사이에 심한 격차가 벌어지고 있음을 뒤늦게 목도했다. 그제야 정신이 번쩍 들었다며 부랴부랴 짐을 싸 들고 한국에 늦게 발을 들여놓음으로 인해 엄마는 월순이 이모 또래의 조선족 아줌마들이 공유하는 한국인에 대한 그들만의 굳은 생각이나 불편했던 경험이 많지 않았다. 귀로는 수없이 들었으나 직접 경험하지 못한 것들에 대해 엄마는 마음속에 유예했다가 그대로 까맣게 잊는 경우가 많았다. 그래서 어쩌면, 짧은 구인 공고에 말이 많다고 미리 귀띔해야 할 정도에 나이조차 밝히지 않은 한국인 환자에게 엄마가 행여 상처를 받지 않을까 염려스러웠다.

"엄마, 중국 사람들은 감정이 상했을 때 기분 나쁘게 뭘 째려봐, 하면서 공격적인 언어를 날리고 표정을 험하게 일그러뜨리지? 한국 사람들은 아니야. 내가 경험한 바로는 끝까지 차갑게 웃으면서 비수 같은 말만 골라 뱉으면서 사람 마음을 쿡쿡 찔러. 같이 화내지 않고, 같은 감정을 공유하지 않음으로써 싸울 때도 갑의 위치에 서려고 할 때가 있지. 차라리 같이 화내고 소리 지르고 싸우면 덜 상처받겠는데 말이야."

그러나 엄마는 두려울 게 없다고 말했다. 오히려 신기한 듯 내게 물었다. 딸, 너는 나처럼 싸우지도 않고 이것저것 많은 경험을 하지도 않으면서 뭘 이렇게 잘 알아. 그때 나는 무심하게 대답했다. 귀찮으니까, 권투라는 것도 온몸으로 피 흘리며 싸우는 사람만 잘 아는 건 아니잖아. 심판도, 관객도 계속 옆에서 보다 보면 알지. 그러니까 엄마, 굳이 피 흘리면서 경험하려고 하지 말고 적당히 피해. 말 많다는 환자 아무래도 찝찝해.

엄마는 잠자코 듣고 나서 성난 근육을 드러내며 링 위에 올라가는 권투 선수처럼 비장한 표정으로 3번으로 기필코 갈 것이라고 했다. 고향에서 몇십 년 살면서 배우는 것보다 짧은 몇 년 동안 한국에 와서 배우는 게 더 많으니 한국 생활을 인생 학교 정도로 생각하겠다며 각오를 덧붙였다.

오후쯤 짐을 챙겨 대학 병원에 들어간 엄마는 밤 10시쯤 되어서야 환자가 잠들었다며 연락이 와서는 작은 목소리로 속삭였다.

"이 환자는 말이 많은 게 아니라 그냥 구체적으로 말하는 거야."

"그게 뭔 소리예요?"

"이 환자분 예전에 시립 합창단 지휘자였나 봐. 내가 오자마자 두 가지를 부탁했어. 머리맡에 놓인 다섯 병의 향수 이름을 모두 암기하기, 스피커폰으로 연결한 MP3 속 음악 10곡의 제목을 암기하기."

"고작 열흘을 일하는데… 좀 많이 까다롭네요? 엄마가 그걸 어떻게 암기해요."

"암기하기로 했어." 엄마는 기분 좋아 보였다. 서영이 엄마가 평소 자주 사용하는 쇼핑 앱 여러 개를 알려 주고 사용법을 숙지했으면 좋겠다고 말했을 때는 뭐가 이리 복잡하니, 울상을 지었었는데 말이다.

그러니까 환자가 말이 많은 건, 이를테면 1번 곡을 틀어 주세요, 라고 말할 수도 있는 것을 굳이 "1번 곡 슈만의 〈시인의 사랑〉 중 〈아름다운 5월에〉를 틀어 주세요. 저는 슈만의 곡이 그렇게 아름답더라고요."라는 식으로 표현을 해서 그렇다고 했다.

엄마는 귀찮아하지 않았고 지치지 않았으며 남자 환자를 돌보고 있음에도 불편해하지 않았다.

환자의 이름은 김동리라고 했다. 김동리는 이미 작고한 한국의 유명한 소설가인데 아버님이 문학을 사랑하는 사람이라 그리 이름을 지었다고 한다. 엄마가 어머, 우리 딸도 작가가 되고 싶어 하는데요, 작가는 먹고살 만한 직업인가요, 하고 반색하며 물었고 김동리 씨는 의연하게 아하, 그러시군요, 저는 오봉선 여사님보다 세 살 어리니 김동리 씨라고 불러 주세요, 저는 오봉선 여사님이라고 부를게요, 하고 호칭을 정리한 후 김동리의 대표작과 내용에 대하여, 한국에서의 작가의 원고료나 수익 구조에 대해 아는 대로 구구절절 엄마에게 설명을 해 줬다지.

암 수술을 받은 지 얼마 되지 않아 통증에 이맛살을 찌푸리고 운신을 버거워하기도 했지만 김동리 씨의 입은 쉬지 않았다. 세상 다정한 목소리로 "오봉선 여사님은 무엇을 좋아하시나요?"라고 묻는다거나 "오봉선 여사님이 사셨던 고향은 윤동주 시인님의 제2의 고향이기도 하지요?"와 같이 엄마가 기분 좋아할 만한 질문을 구체적으로 했다.

엄마가 신나서 김동리 씨와의 대화를 그대로 읊조렸을 때 월순이 이모는 엄마의 말이 끝나기도 전에 싹둑 자르며 차갑게 응수했다.

"변태 같은 영감탱이 무슨 수작이야. 혹시 성추행하면 바로 말해. 내가 대신 신고해 줄게. 이래서 남자 환자는 남자 간병인이 보는 건데 말이 하도 많으니 남자 간병인들이 두 명이나 중간에 나왔다더라."

엄마는 아니라고, 이런저런 얘기를 더 해 주고 싶어 입술을 달싹거렸지만 바쁜 월순이 이모가 먼저 전화를 끊었다. 엄마는 로비에 앉아 김동리 씨가 이상한 건가, 머리를 갸웃하다가 다시 나에게 전화를 걸어 왔다.

"좋은 사람인 것 같은데 월순이는 왜 변태라고 하지?"

"엄마는 왜 좋은 사람이라고 생각하나요?"

김동리 씨가 여사님,이라 부를 때 엄마는 느낌이 달랐다고 한다. 김동리 씨는 아마 연길 시장 뒷골목에서 배추김치를 파는 엄마를 봤어도 공손하게 여사님,이라고 불렀을 것 같은 기품이 있었다고 한다. 엄마가 향수 이름과 연주곡 열 곡의 제목을 외우기가 벅차 "그냥 1번, 2번 이렇게 알려 주시면 안 되나요?" 하고 물었더니 김동리 씨는 "여사님, 사물도 고유의 이름이 있는 법입니다. 번호로 부르면 그것이 갖고 있을 모든 의미를 무색하게 만드는 것 같아 저는 이름을 부른답니다. 그러니까 우리도 잠깐 볼 사이지만 서로 이름을 부릅시다."라고 대답을 했단다. 그날 밤 엄마는 서영이 엄마와 1번 할머니의 이름이 기억나지 않아 잠을 설쳤다.

엄마는 매일 김동리 씨가 들려주는 이야기에 흠뻑 취하는 것 같았다. 그의 말이 엄마를 깊이 생각하게 하고, 놀라게 하고, 가끔은 잔잔하게 흔들어 주기도 했던 모양이다. 월순이 이모는 심히 불안해하면서 김동리 씨가 바람둥이는 아닌가, 이제 암으로 아프니 한국 아줌마는 꼬시기가 힘들어서 조선족 아줌마라도 꼬실 심산인가, 20년 넘게 과부로 살아온 엄마가 행여 김동리 씨에게 넘어가서 통장의 돈을 다 넘겨주는 막장 엔딩까지 상상하며 최대한 말을 섞지 말라며 엄마를 몰아붙였다.

확실히 며칠 사이 엄마의 언어가 달라졌다. 엄마의 세계 안에 뭔가 미세하지만 여운이 쉬이 가시지 않을 충돌이 일어난 것 같았다.

"그 아저씨랑 또 무슨 얘길 나눈 건데? 설마 그사이에 그렇고 그런 사이?"

"아니야, 너나 월순이나 생각이 왜 이렇게 구김살이 많냐? 그게 다 엄마가 봤을 때는 가난해서 그래. 좋고 반듯한 생각을 못 해."

엄마는 대화할 때마다 끊임없이 김동리 씨를 들먹였다. 아주 많은 돈이 아니어도 블링블링하게, 기품 있게 사는 것 같다는 김동리 씨의 모든 것이 엄마에겐 삶의 태도와 대화 내용의 모든 기준점이 되어 버렸다. 마치 살아 있는 예수를 직접 보고 돌아와 부활을 확신 있게 외쳤던 제자들처럼 김동리 씨의 말을 인용할 때만큼은 흔들림이 없어 보였다.

“너 혹시 버트 발가락? 미국 작곡가라고 있다는데 그분 음악을 들어 봤니? 딸, 너도 유럽 배낭여행 가 보고 싶지 않아? 김동리 씨 말로는 한국 젊은이들은 거의 한 번쯤 유럽 배낭여행을 다녀온대. 그동안 혹시 돈이 없어서 못 간 거 아니지? 김동리 씨 말로는 유럽 가는 비행기 표가 비싸긴 하지만 몇 달 알바로 돈 모으면 충분히 다녀올 수 있대.”

보아하니 김동리 씨는 친절하고 예의 있는 사람인 것 같았다. 전화기 너머로 가끔 김동리 씨가 “오봉선 여사님~”이라고 부르는 목소리가 들렸을 때 엄마는 예전 요양원에 있을 때처럼 다급하게 전화를 끊지 않았다. 네, 김동리 씨, 금방 갈게요,라고 느긋하게 대답한 뒤 내게 밥 잘 챙겨 먹으라는 짧은 잔소리를 하는 여유까지 있었다.

엄마는 김동리 씨의 간병인으로 일하던 마지막 날, 왜 살면서 엄마 주위에는 김동리 씨 같은 사람이 없었을까 신세타령을 하며 농사만 지었던 외할아버지와 외할머니, 신발 수리를 업으로 삼았던 삼촌, 초등학교 교사였던 이모와 면사무소의 회계였지만 암으로 투병하다 마흔둘에 죽은 남편, 보험사 직원으로 일하다 계약 내용을 제대로 이해 못 한 채 고객에게 상품을 추천하고 계약을 받아 내 두 번이나 고소를 당한 뒤 한국에 도망치듯 온 친구 월순이를 생각할 지경에 이르렀다.

월순이 이모와 나의 걱정과는 달리 엄마는 열흘 뒤, 깔끔하게 김동리 씨와 굿바이를 하고 기분 좋게 원룸에 돌아왔다. 달라진 점이 있다면 엄마는 다시 활기를 찾기 시작했고 오자마자 내 옷장과 서랍을 열어 물품들을 확인하고는 대뜸 큰 백화점에 가서 몇백만 원짜리 브랜드 가방을 사 주겠다고 손목을 잡아끌었다는 점이다. 싫다고 손을 뿌리쳤더니 평생 화를 낼 줄 모를 것 같았던 엄마가 울컥하며 화 비슷한 기운을 내뿜었다.

"넌 아무래도 이상해. 어떻게 20대 여자애가 브랜드 가방을 싫어하니? 차라리 가난 때문에 브랜드 가방의 좋은 멋을 몰라서 그런다고 솔직해지기라도 하지. 아니면 어디 가서 남자라도 꼬셔서 가방 하나 선물받는 애였으면 좋겠다. 내 하나뿐인 딸년이 이렇게 구질구질하게 살고 있다는 걸 일찍 알았으면 나도 그 촌구석에서 김치만 팔지 않고 월순이처럼 일찍 한국에 나오는 건데… 자꾸 괜찮다 하니까 정말 괜찮은 줄 알았잖아!"

"난 이게 편해. 브랜드 가방을 하면 거기에 걸맞게 옷차림도 해야 하고 그만한 삶을 유지해야 할 것 같아서 피곤해."

"개뿔! 겪어 보지도 않고 뭐가 피곤해! 김동리 씨에게 네가 사는 얘기 했더니 그러더라. 관찰자의 입장에서만 쓰는 글 말고 직접 경험하는 글을 써 보라고. 그러니까 엄마 말 듣고 비싼 가방도 한번 착용해 보고 그 느낌을 글에 써 봐. 다른 여자애들 길에서 착용하고 다니는 거 볼 때랑 어떻게 다른지, 네 것이 됐을 때 기분도 느껴 보고. 거기에 맞는 옷도 한 벌 입어 봐야지, 그런 삶을 계속 유지할 만큼 근사한 소설가가 되어야지, 그렇게 생각하면 안 되겠니?"

엄마는 그 가방을 사 주면 내 팔자가 당장 좋아질 것이라 믿는지 엄청난 악력으로 손을 잡아끌었다.

마지못해 백화점에 끌려가는 길에 엄마는 땀에 끈적해진 손을 놓지 않은 채 하루 종일 들어도 끝나지 않을 것 같은 김동리 씨의 이야기를 또 꺼냈다. "그놈의 김동리 씨 얘기를 그만해!"라고 처음으로 엄마에게 화를 내 볼까 싶었지만, 한 번도 엄마에게 내 보지 못한 화를 내뿜는 건 쉬운 일이 아니었다. 그러니까 엄마도 오늘 나에게 그 쉽지 않은 화를 뿜어내느라 큰 용기를 냈을 테다.

"김동리 씨가 그러더라. 가난이 오래가면 생각이 가난해지고, 생각이 가난해지면 다양한 경험을 할 엄두를 못 내게 되고, 경험마저 가난해지면 그 사람의 세계는 점점 협소해진다고. 그게 진짜 가난의 무서운 점이래. 그러니까 딸, 나는 한국에서 간병인이 돼서 우리 둘 다 김동리 씨처럼 블링블링한 사람이 되었으면 좋겠어. 김동리 씨가 나 일 마무리하고 병원에서 나올 때 따님이랑 행복하게, 블링블링하게 잘 살라고 따뜻하게 인사하는데 코끝이 짱하더라."

"김동리 씨는 참 고운 사람이네요."

마지못해 수긍하다가 팔자 주름도 점잖게 느껴졌던 대학원 시절 교수님의 얼굴이 떠올랐다. 대사관 직원이었던 아버지와 발레리나였던 어머니의 로맨틱한 60년대 사랑 이야기를 들려주기도 하고, 프랑스 파리에서 유학하는 동안 먹어 봤다는, 한 번 들어서는 절대 기억 못 할 낯선 음식 이름들을 내 입에 자주 붙는 김밥이나 떡볶이처럼 말하던 분이었다. 그분이 의도치 않게 건넸던 괴리감과 낯섦에 대해 한동안 열심히 되새김질하다가 얻은 나만의 결론이 있었다.

"엄마, 사람은 생존을 위해 살면 본능적으로 달리게 되어 있어. 쫓기듯이 목표를 향해 뛰게 된다고. 달리는 사람은 많은 것을 관찰하고 구체적으로 깊이 알고 즐길 여유가 없어. 김동리 씨는, 엄마가 그렇게 신봉하는 김동리 씨는 처음부터 생존을 위해 태어난 팔자가 아니었다고. 그는 산책하러 나온 사람인 거야. 햇볕도 쬐고, 밤하늘의 별도 세어 보고, 어두운 밤 가을바람도 느껴 보고 말이야. 가난한데 김동리 씨처럼 살려고 하니 어쩌겠어, 취직해서 바쁘게 살지 않고 에코 백을 메고 집에서 글을 쓰는 거지."

"개소리하지 마. 너도 명품 백 착용하고 산책도 하면서 살아. 그렇게 되도록 꿈꿔."

엄마가 강요하듯 내 손을 꽉 잡고 강하게 흔드는 바람에 나는 엄마의 얼굴을 차마 쳐다볼 수 없었다.

당당하게 내 손을 끌고 백화점에 들어서자마자 꽉 잡은 엄마 손의 악력이 반쯤은 흐물해졌다. 반짝이는 브랜드 로고가 걸려 있는 1층 해외 패션 코너를 어색하게 걸으며 엄마는 내게 귓속말로 그래서 어떤 영어 표기가 샤넬이냐고 물었다. 어느새 내 팔을 꽉 붙잡고 치과에 온 다섯 살 아이처럼 한껏 경직된 엄마는 눈동자를 굴리며 주위를 둘러보고 낮은 톤으로 말했다. 이 어색하고 불편한 공간을 경험하고 나면 엄마는 앞으로 더 꾸준하게 김동리 씨를 언급할지 아니면 자연스러웠던 오 여사의 모습으로 천천히 돌아갈지 궁금해져서 입꼬리가 나도 몰래 묘하게 살짝 올라갔다.

우리의 목표는 샤넬이었으나 왔던 김에 눈 호강을 한다며 엄마는 장터에 온 것처럼 두리번두리번 여러 매징을 돌아봤다. 몇십만 원대의 코트를 만져 보며 시장에서 파는 코트와 재질이 어떻게 다른지 큰 소리로 내게 물어보기도 하고 직원에게 이런 브랜드 옷은 수십 번을 씻어도 물이 빠지지도 않고 쉽게 해어지지도 않고 오래 입을 수 있냐고 해맑게 물었다.

끝내 대망의 샤넬 매장에 왔을 때 가방 실물과 가격대를 확인한 엄마는 몇백만 원짜리 가방을 사 주겠다던 오기는 사라지고 이렇게 비싼 가방을 살 거면 차라리 몇십만 원대 가격의 가방을 여러 개 사는 것이 더 낫지 않을까 혼잣말로 중얼거렸다. 행여 잃어버리기라도 하면 며칠 앓아누울 것 같다야, 금칠한 것도 아닌데 무슨 가방이 금보다 더 비싸다니. 화려한 조명이 가방을 감싸는 그 매장 안에서 엄마는 얼어붙은 듯 걸음을 떼지 못하고 가장 비싼 가방 앞에 압도당한 듯 굳어 있었다.

"엄마, 가자. 다른 가방도 많으니까 차라리 엄마 말처럼 몇십만 원짜리 가방을 여러 개 사서 들고 다니는 게 더 수지맞을 것 같아."

이번에는 내가 엄마의 팔을 잡고 슬쩍 끌어당겼다. 지금껏 본

적 없는 엄마의 혼란스러운 표정을 훔쳐보며 지금 느끼는 기분이 어떤 것일지 대충 알 것 같았기에 백화점 안에서 엄마를 에스코트해야겠다는 책임감에 사로잡혔다.

못 이긴 척 내 손에 끌려 샤넬 매장을 나와 여러 브랜드 매장을 돌다가 들어 보니 디자인이 그럴듯해 보였고 엄마가 보기에 가격도 그럴듯해 보이는 삼십만 원 대의 백 팩 두 개를 구매하고 우리는 만족했다. 자랑스럽게 카드를 내밀어 일시불 결제를 마친 엄마는 조금 전의 설명 못 할 꿀꿀한 기분을 잊고 다시 해맑은 표정으로 돌아왔다.

월순이 이모에게서 귀동냥으로 들은 화장품 브랜드 매장에 가서 월순이 이모의 것과 엄마의 립스틱을 똑같은 컬러로 하나씩 샀을 때는 즐거워 보이기까지 했다. 카드 결제를 마친 뒤에도 아쉬운 듯 걸음을 떼지 못하고 거울 앞에서 대체 뭐가 다른지 모르겠다며 레드 계열의 립스틱 여러 개를 발라 보던 엄마는 폐점 음악이 흘러나오자 흥분된 목소리로 가볍게 소리 질렀다.

"이거 버트 바카락의 〈클로즈 투 유〉네!"

손이 미끄러졌는지 엄마의 중절치에 묻어난 새빨간 립스틱이 화려한 조명 아래 샤넬 할리우드 모델의 립스틱 색처럼 강렬해 보였다. 나는 그 강렬함에 눈을 떼지 못한 채 어정쩡하니 서서 입꼬리만 웃고 있었다.

김이환

2004년 『에비터젠의 유령』을 출간하며 작품 활동을 시작했다. 소설집 『이불 밖은 위험해』, 장편 소설 『절망의 구』, 『소심한 사람들만 남았다』, 단편 소설 시리즈 『더 나은 인간』 등을 썼다. 멀티문학상, 젊은작가상, SF어워드 장편 소설 우수상을 받았다.

고양이의 마음

아프리카 중서부에 있는 나라 우후루의 국경 지역, 어두운 숲을 달리는 버스 안에서 장 사장은 창문으로 들어오는 바람을 맞으면서도 땀을 뻘뻘 흘리고 있었다. 사바나 기후인 우후루의 열대야 탓도 있었지만, 내전에 휩싸인 국경을 넘어서 안전한 나이지리아로 입국하는, 죽을지 살지 모르는 위험한 여행 중이었기에 긴장한 탓도 있었다.

운전사가 없는 무인 자동 버스는 장 사장처럼 국경을 넘으려는 사람으로 가득 찬 데다 몹시 덜컹거렸다. 버스에는 우후루의 소수 부족인 이보인을 비롯해 다양한 국적의 외국인들이 타고 있었는데, 모두 긴장한 얼굴로 아무 말도 하지 않았다. 숲을 달리던 무인 버스가 갑자기 덜컹 하고 시동이 꺼지더니 다시 움직이지 않았다. 난민을 안내하던 나이지리아 가이드가 버스 운전석의 모니터를 살펴보고는, 사람들에게 내려서 걸어가야 한다고 설명했다. 장 사장은 가장 먼저 내렸다. 그러면서도 이런 곳에 버스를 세운다니 말도 안 된다고 화를 냈지만 가이드는 듣지 않았다. 국경을 넘는 여행을 시작한 후로 그의 말을 듣는 사람은 아무도 없어서 안 그래도 화가 나 있었지만, 그 화를 받아 주는 사람도 없었다.

장 사장은 신경질을 내며 중얼거렸다.

"버스를 호텔 앞에 세우면 되잖아. 그게 어려워?"

난민들의 목적지는 엠파이어 호텔이었다. 엠파이어 호텔은 우후루와 나이지리아의 경계에 있는, 아직 군부가 녹재 정부로부터 장악하지 못한 지역이었다. 이 때문에 국경을 감시하는 드론이 엠파이어 호텔은 공격하지 않았다. 일단 호텔로 가면 드론에 쫓기지 않고 안전하게 나이지리아로 입국할 수 있었다. 하지만 호텔로 가는 길의 숲은 여전히 드론이 감시하고 있었다.

가이드는 장 사장에게 우후루 정부가 인터넷을 비롯한 모든 통신망을 폐쇄했기 때문에 무인 버스 시스템이 제대로 작동하지 못하고 버스가 멈춰 서는 일이 종종 있다고만 설명할 뿐 더는 상대해 주지 않았다. 사람들이 모두 내리자 버스가 움직이더니 방향을 바꿔 왔던 길로 돌아갔다. 이제는 사람들이 걷는 소리와 바람이 낮은 나뭇가지와 마른 풀을 스치는 소리만 어두운 숲에 남았다. 장 사장은 등 뒤에서 이보족 엄마가 아이에게 말하는 것을 들었다.

"호랑이가 나오니까 엄마 아빠한테 꼭 붙어 있어."

호랑이는 군사용 드론의 별명이었다. 검은색 몸체에 있는 노란색 사선 문양이 호랑이 무늬 같다고 해서 그렇게 불렀다. 군부 세

력의 군사용 드론은 국경을 넘는 난민을 향해 총을 쏘고 있었다. 장 사장은 무거운 가방을 낑낑대고 끌면서 투덜댔다.

"멍청한 드론. 나한테는 총을 쏘면 안 돼. 나는 신분이 확실한 외국인이라고."

멀리 나무숲 사이로 창문마다 환하게 불이 켜진 엠파이어 호텔이 보이기 시작했다. 사람들이 걸음을 서둘렀을 때, 비명이 들렸다. 가이드가 어서 뛰라고 소리를 질렀고, 동시에 드론이 날아오는 소리가 들렸다. 사람들이 손을 잡은 채 달리다가 드론이 총을 쏘기 시작하자 사방으로 흩어졌다. 장 사장은 원래 드론의 제작 의도대로 메뚜기 떼를 처리하는 화학 약품 탄을 쏘는 건지, 아니면 실탄을 쏘는 건지 알 수 없었다. 알 게 뭔가? 맞으면 국경을 못 넘는 건 똑같았다. 비명과 고함이 사방에서 울렸지만 누가 도와달라고 외치건 말건 그는 그저 앞만 보고 뛰었다.

호텔에 도착했을 때 드론 소리가 더는 들리지 않았다. 호텔 정문 손잡이를 서둘러 잡아당겼지만 잠겨 있었다. 그가 문을 두드리며 열어 달라고 외치자 문 너머에서 알아들을 수 없는 대답이 돌아왔다. 장 사장이 한국말로 외치고 있다는 걸 깨닫고, 영어로 열어 달라고 말하자 그제야 문이 열렸다.

"사람이 문을 두드리고 있으면 어느 나라 말이든 간에 당장 열어야지!"

장 사장이 문틈으로 몸을 집어넣으며 버럭 소리 질렀지만, 낡고 우스꽝스러운 옷을 입은 벨보이는 신경 쓰지도 않으며 다른 사람들은 어디 있냐고 물었다. 장 사장은 모른다고 말하고 호텔로 들어가 로비에 털썩 주저앉으며 어서 문을 닫으라고 외쳤다. 살았다, 살았어. 장 사장은 중얼거렸다. 그의 뒤를 따라 들어오는 사람은 없었다. 총에 맞았거나 숲에서 길을 잃었을 것이다. 다른 사람이야 어떻게 되건 말건 그가 알 바 아니었다. 호텔 매니저가 다가와 다른 사람은 모르냐고 물었다. 장 사장은 모른다고 말하며 일으켜 달라고 손을 내밀었으나 매니저는 그냥 가 버렸다. 장 사장은 화를 냈지만 이번에도 그의 화를 받아 주는 사람은 없었다.

아프리카 중서부 나이지리아와 베냉 사이에 있는 작은 나라 우후루에도 한국의 기업들이 10년 넘게 진출해 있었다. 아프리카 중부에 흉년이 들면서 정세가 불안해지고 우후루에도 독재 정부와 군부 간의 내전이 벌어지자 교민에게 철수 명령이 떨어졌다. 의약품 업체에서 일하던 장 사장도 그곳을 떠나야 했다. 내전은 표면적으로는 흉작으로 인한 식량 부족과 치안 불안, 그리고 우후루의 다수를 차지하는 하우사족과 소수를 차지하는 이보족의 갈등 때문에 일어났지만, 그 뒤에는 미국, 영국, 프랑스, 네덜란드의 다국적 기업이 얽힌 길고 복잡한 역사가 있었다. 장 사장은 다른 교민들보다 늦게 피신했는데, 자신의 안전보다는 회사 창고에 있는 의약품 물류 관리가 더 중요해서였다. 회사의 이익을 위해 최선을 다했으니 회사가 자신을 버릴 리 없다고 그는 생각했다. 한국에 안전하게 도착하면 충분히 보상해 주리라고 믿었다.

그런데 문제는 회사가 아니라 엠파이어 호텔의 생각 없는 직원들이었다. 키 크고 마른 젊은 벨보이가 그를 미스터 장이라고 부르자, 장 사장은 버럭 화를 냈다.

"장 사장이라고 불러."

벨보이가 어리둥절한 표정으로 쳐다보다가 말했다.

"무인 트럭은 5일 후에 옵니다."

닷새나? 무인 자동 트럭이 호텔로 와서 난민을 싣고 나이지리아로 데려다주는데, 그 트럭을 타야 안전하게 갈 수 있었다. 벨보이는 5일 동안 복도에서 지내라고 말했다. 복도? 호텔 로비에는 이미 사람들이 우글대고 있었다. 저기 가서 앉아 있으라고? 호텔이면 방을 줘야 할 거 아니냐고 말했더니, 벨보이가 시큰둥하게 대답했디.

"방은 비싼데 괜찮으시겠어요?"

어차피 며칠 후면 떠날 건데 그냥 복도에서 지내며 돈을 아끼라는 뜻이었다. 장 사장은 돈이야 얼마든지 있다고 대답하고, 회사에서 나중에 지불할 테니 영수증이나 잘 처리해 달라고 말했다. 벨보이는 이번에도 시큰둥하게 대답했다.

"현금만 받습니다."

벨보이가 손님을 상대하는 태도가 마음에 들지 않아서, 장 사장은 나중에 혼을 내야겠다고 마음먹었다. 알려 준 객실로 올라가서 문을 열었더니, 가족으로 보이는 이보족 어른과 아이 여섯 명이 멀뚱멀뚱 장 사장을 쳐다보았다.

그는 내려와서 소리 질렀다.

"방을 잘못 줬잖아."

벨보이는 방이 모자라서 여럿이 함께 써야 한다고 설명했다. 장 사장은 말문이 막혔다.

"그런 호텔이 세상에 어디 있어?"

벨보이가 단독 객실은 비싼데 괜찮냐고 재차 물었다. 장 사장은 가장 좋은 방을 달라고 당당하게 말했다. 깨끗하고 침대가 딱딱해야 하며 흡연이 가능한 방을 달라고 덧붙였다. 벨보이가 안내한 프리미엄 객실로 들어가 짐을 내팽개치고 씻지도 않은 채 누워서 잠을 청했다. 드론의 총소리와 사람들의 비명이 여전히 귀에 들리는 듯해서 쉽게 잠이 오질 않았다.

다음 날 룸서비스를 주문하려고 내선 전화를 들었더니 아무도 받지 않았다. 그는 할 수 없이 직접 1층으로 내려갔다. 직원은 하나도 보이지 않았고, 사람들이 레스토랑 앞에서 북적거리고 있었다. 장 사장은 로비 소파에 앉아 무슨 상황인지를 지켜보았다. 옆에 앉아 있던 남자가 한국말로 알려 줬다.

"난민들이에요. 대부분 메달이 없거나 돈이 없는 사람이죠. 가족을 기다리는 사람도 있고요."

남자가 말한 '메달'은 정확히는 생체 정보가 담긴 주민증이었다. 둥그렇고 납작한 가벼운 금속으로 된 메달처럼 생긴 것이었는데, 노란색 금속 표면 때문에 금화라고 부르는 사람도 있었다. 앞면에는 우후루의 상징인 태양과 밀이 그려져 있고 뒷면에 이름과

바코드가 있었는데, 그 안에 개인 정보가 담긴 칩이 있어서 신분을 확인할 수 있었다. 메달처럼 생겨서 목에 걸기도 했고, 배지처럼 가슴에 다는 사람도 있었다. 정식 명칭은 주민증이었다.

주민증이 없으면 나이지리아 국경에서 받아 주지 않았다. 여권이 있어도 주민증이 있어야 했다. 그래서 엠파이어 호텔에는 주민증이 없는 사람, 돈이 없는 사람, 가족이 호텔에 무사히 도착하기를 기다리는 사람, 아니면 나이지리아로 가지 않고 호텔에 있다가 다시 우후루로 돌아갈 사람 등이 머물고 있었다. 저마다 사정은 딱했지만 그렇다고 무작정 호텔에서 받아 주는 것을 보며 장 사장은 답답한 마음에 혀를 끌끌 찼다. 내보낼 사람은 내보내야 돈을 내고 정당하게 호텔에 머무는 자신 같은 손님이 피해를 입지 않는다고 생각했다.

이런 정보를 알려 준 사람은 자신을 '최 박사'라고 칭하는 한국인 중년 남자였다.

"장 사장님은 무슨 일을 하시나요?"

긴 얼굴에 피부는 좋지 않고 말투도 바보 같아서 어딘가 사람 신경을 긁는 면이 있었다. 자신을 '박사'라고 칭하기에 무슨 박사냐고 물었지만 명확하게 대답하지 않았다. 우후루에 얼마나 있었느냐고 물어도, 어디서 일했냐고 물어도 답하지 않았고, 심지어 나이와 고향을 물어도 제대로 대답하지 않았다. 그러면서도 장 사장이 어떤 사람인지는 듣고 싶어 했다.

장 사장이 회사와 직책을 설명했더니 그는 이렇게 말했다.

"진짜 사장님은 아니시구나."

그래도 눈치는 빨라서 계속 장 사장이라고 불렀다. 옷차림으로 봐서 돈은 많은 것 같았고 정보도 많이 알고 있었다. 엠파이어 호텔에 온 지 벌써 3주가 넘었다고 했다. 로비에서 자신이 앉은 커피 테이블이 딸린 일인용 소파가 가장 좋은 자리인데, 늘 그곳에만 앉는다고 자랑했다. 안 그래도 장 사장이 앉은 긴 갈색 가죽 소파는 스프링이 튀어나와 있어서 불편했는데, 엉덩이가 아프다고 넌지시 말해도 최 박사는 소파를 양보할 생각이 없어 보였다. 엠파이어 호텔은 한국에서는 3성급 호텔이지만 우후루에서는 손꼽히는 고급 호텔이라면서, 그 이유가 독재자의 친척이 지은 호텔이라 그렇다는 그럴듯한 설명도 했다. 지금은 호텔이 아니라 난민 수용소가 됐지만 말이다. 레스토랑 앞에서 기다리던 사람들이 갑자기 우르르 레스토랑으로 들어가 직원이 나눠 주는 음식을 받았다. 사람들이 먹고 남은 음식을 얻어먹는 거라고 최 박사가 설명했다.

"밥 먹을 돈도 없다니 불쌍하군…."

하지만 이내 최 박사도 음식을 받으러 간다며 자리를 떴다. 음식이 워낙 비싸서 돈을 절약하려는 것이라고 말했지만 장 사장은 이해가 가지 않았다. 돈도 많으면서 왜? 참으로 모를 일이었다.

최 박사가 떠난 소파에 앉았더니 스프링도 느껴지지 않고 훨씬 편했다. 장 사장은 주머니의 주민증을 꺼내 살펴보았다. 독재 정부의 국민 통제 수단인 주민증은 신분 확인을 위해 외국인도 반드시 발급받아야 했고, 대부분의 금융 거래도 이것으로 해결했다.

커피 테이블에 주민증을 내려놓고 잠시 창밖으로 고개를 돌렸다. 멀리 숲에서 나무가 흔들리고 그 위로 드론이 보이는 것 같아서, 그곳에 잠시 시선을 빼앗겼다가 다시 고개를 돌렸을 때였다. 커피 테이블 위의 주민증이 없었다.

대신 테이블 위에 웬 갈색 고양이가 있었다. 처음 보는 고양이가 입에 주민증을 물고 그를 빤히 쳐다보았다. 고양이는 장 사장과 눈이 마주치자 테이블에서 내려가 도망갔다. 주민증을 물고 호텔 로비를 가로질러 뛰어가기 시작했다. 장 사장은 벌떡 일어났다.

"잡아!"

고양이는 레스토랑과 로비를 오가는 사람들 사이로 잽싸게 도망갔고, 장 사장은 왜 잡지 않느냐고 소리 지르면서 따라갔다. 고양이가 벨보이를 향해 달려가기에 잡으라고 외쳤지만, 쟁반을 들고 있던 벨보이는 무심하게 한쪽 다리를 들었고 고양이는 그 사이로 지나갔다. 살짝 열린 호텔 정문 사이로 고양이가 빠져나갔다. 장 사장도 문을 열고 밖으로 나가려 했지만, 직원들이 달려와서 드론이 온다며 뒷덜미를 붙잡고 끌어당겼다. 호텔 앞에는 정말 드론이 날아다니고 있었다. 고양이는 그대로 뛰어서 숲으로 사라지고 더는 보이지 않았다. 장 사장은 호텔 안으로 끌려 들어왔다. 그렇게 주민증을 잃어버렸다.

그 후의 일은 잠시 기억이 없었는데, 직원들의 설명에 따르면 장 사장이 펄쩍펄쩍 뛰면서 괴성을 지르다가 다리에 힘이 풀려서 주저앉았고, 한동안 울다가 숨을 몰아쉬다가를 반복하더니 기절했다고 한다.

정신 차리자 방이었다. 직원들이 가져다준 점심 식사가 테이블에 있었다. 하지만 주민증은 여전히 없었다. 주민증이 없으면 호텔을 떠날 수 없었다. 엠파이어 호텔에 갇힌 것이다.

일주일 후 호텔 뒤쪽으로 무인 트럭이 왔을 때 장 사장도 트럭에 태워 달라고 떼를 썼지만, 트럭에 타던 다른 사람들에게 쫓겨났다. 그때 장 사장은 호텔 매니저를 처음 봤다. 가끔 정장도 입지만 주로 우후루의 화려한 보라색 전통 의상과 모자를 쓴 뚱뚱한 중년 남자였다. 매니저는 신분이 확인되지 않은 사람이 한 명이라도 타고 있으면 트럭이 아예 시동이 걸리지 않는다고 거듭 말했다. 요행히 차가 움직이더라도 국경에서 주민증이 없는 사람은 받아들이지 않으며, 그러면 나이지리아 감옥에 갇히거나 걸어서 엠파이어 호텔로 돌아와야 하는데 그럴 수 있겠냐고 물었다. 장 사장은 호텔을 떠나는 무인 트럭을 울면서 지켜봤다.

주민증을 어디서 다시 구하지? 나이지리아로 넘어가지 못하면 한국으로도 돌아갈 수 없었다. 호텔에는 전화가 한 대뿐이었고 국외로는 연결되지 않았다. 군부가 전화선을 비롯한 모든 전파를 통제해서 휴대 전화도 인터넷도 되지 않았다. 마지막 남은 수단은 편지였는데, 호텔 사람들이 쓴 편지를 모아서 매니저에게 전달하면 매니저가 밖으로 보냈는데 언제 답장이 올지 알 수 없었다. 정말 기가 막혔지만, 호텔 로비에는 그렇게 하염없이 답장을 기다리는 사람들이 꽤 있었다.

외국인이라면 금방 나갈 수 있을 거라고 매니저가 그를 위로했다. 하지만 장 사장은 금방이 아니라 당장 한국으로 돌아가고 싶었다. 매니저가 말했다.

"한국에서는 장 사장이 여기 있는 줄 압니까?"

"알겠지…."

장 사장은 확신이 없었다. 엠파이어 호텔을 통해 나이지리아로 간다고 회사에 말했던가? 분명 했던 것 같은데…. 나이지리아 라오스에 도착해서 한국으로 간다고는 확실히 말했다. 회사에서 그를 기다리더라도 라오스에서 기다릴 것이다. 그가 아예 우후루 국경을 넘지 못한 사실을 알더라도, 회사에서 보낸 사람이 국경을 넘어오거나 엠파이어 호텔을 찾아오지는 못할 것이다. 나이지리아 북부는 치안 상황이 좋지 않아서 회사도 마냥 그를 기다릴 수 없었다. 한국 정부도 통일 문제로 나라가 복잡한 상황이어서 아프리카에서 실종된 사람을 전력을 다해 찾을지는 미지수였다.

맥없이 기다리는 방법밖에 없었다.

하루하루가 지났다. 아무리 기다려도 찾아오지 않는 가족과 회사와 국가에 화가 났다. 평생 가족과 회사와 국가를 위해 열심히 일한 사람이 아프리카에 갇혔는데 얼른 구하러 와야지! 화가 나서 방 안을 서성이며 괜히 소리를 지르다가, 방을 박차고 나가 레스토랑 한쪽의 바에 앉아서 술을 마셨다. 사람이 함부로 드나들지 못하는 호텔이 술은 또 어디서 가져오는지 와인이며 위스키며 제대로 갖춰져 있었다. 대신 상당히 비쌌는데 우후루의 낮은 물가를 고려하면 정말 비쌌다. 우후루 화폐인 서아프리카 프랑이 아닌 미국 달러만 받았고, 그가 미리 바꿔 둔 나이지리아 달러로는 훨씬 바가지를 씌워서 받았다. 사람들이 로비 바닥에 앉아서 남은 음식을 얻어먹으며 떠날 날만 기다리는 게 이해가 갔다.

호텔 물가가 비싼 이유에 대해 최 박사가 설명했다.

"난민을 데리고 있으려면 돈이 많이 드니까요. 돈 많은 부자에게 비싸게 받아서 남은 돈으로 난민을 돌보는 셈이죠."

장 사장은 당연히 매니저가 돈을 챙기는 줄 알았는데 아니어서 놀랐다. 지금처럼 좋은 기회에 돈을 벌지 않고 난민에게 쓴다고? 말도 안 된다고 생각했고, 최 박사도 동감이라고 말했다. 최 박사가 호텔을 빨리 떠나지 않는 이유도 그거였다.

"가장 비싼 가격에 팔 수 있는 장소니까요."

난민에게 물건을 비싸게 팔아서 충분히 돈을 모은 다음 떠날 계획이라고 했다. 돈을 모으려고 일부러 더 머문다니, 장 사장은 호텔에 더 머문다는 생각을 하면 밤에 자다가도 벌떡 일어나는데, 최 박사는 정말 대단한 사람이었다.

호텔이 고기와 채소와 기타 필요한 물건을 어떻게 구해 오는지도 말해 줬다. 드론이나 무인 자동차가 실어 오고, 나이지리아에서 오는 무인 트럭에 물건이 실려서 올 때도 있다고 했다.

나중에 장 사장은 매니저를 찾아가 음식을 싣고 오는 드론이나 무인 자동차를 타고 나가면 안 되냐고 물었다.

"와인은 되고 사람은 안 된다니. 물건이 되면 사람도 당연히 돼야 하는 거 아냐?"

아니면 걷거나 차를 타서 숲을 빠져나간 사람은 없는지, 드론을 피하거나 따돌릴 방법은 없는지 물었다. 말을 꺼내자마자 매니저의 표정이 험악해지더니 절대로 안 된다고, 호텔 밖으로 한번 나가면 다시 돌아와도 안 열어 주겠다고 으름장을 놓았다. 많은 사람이 그렇게 숲으로 갔다가 다시 돌아오지 못했다는 것이다. 장 사장은 거의 울면서 부탁했다.

"그건 우후루 사람이고, 나는 외국인이잖아. 한국인이라고. 신분이 확실하잖아. 돈은 원하는 대로 줄 테니까…."

매니저는 회사와 대사관에 전화를 하거나 편지를 보내라고 했다. 정부를 믿으라는 것이다. 한국 정부가 차나 헬리콥터를 보내줄지도 모르지 않느냐고 했다. 하지만 그건 매니저가 한국에 대해 잘 모르니까 하는 말이었다. 한국 사람은 자기 살길은 알아서 찾아야 하는 법이다.

매니저가 단단히 못 박았고 장 사장도 죽을지 모르는 모험을 하긴 싫었기 때문에 숲을 빠져나간다는 생각은 접었다. 그렇다면 주민증을 다시 찾는 방법밖에 없었다. 장 사장은 고양이를 잡아야 한다는 맹목적인 생각에 사로잡혔다. 말도 안 되는 생각이라며 매니저도 벨보이도 최 박사도 모두 똑같이 되물었다.

"고양이를 잡아서 어쩌게요?"

고양이가 주민증을 가지고 있지도 않을 텐데 잡으면 무슨 소용이냐고 했다. 주민증을 물어 가서 숲 어딘가 뒀을 테니 그걸 찾아야지 고양이를 찾을 이유가 없다고 했다. 그걸 누가 모르나? 장 사장은 그런 말을 들을 때마다 답답했다. 숲을 뒤져야 하는데 나갈 수가 없지 않은가.

직원들에게 물어보니 호텔 뒤편 음식물 쓰레기 소각장에 가끔 고양이가 온다고 말했다. 장 사장이 고양이 잡는 덫을 놓으라고 명령했더니, 다들 웃기만 할 뿐이었다. 그래서 소각장이 보이는 창문 앞에 앉아 종일 지켜봤는데, 사람들이 그를 '호랑이 사냥꾼'이라고 부르며 비꼬았다. 당연히 기분이 좋지 않았다. 일주일이 지나고 보름이 지나도 고양이는 보이지 않았다. 창문으로 내다보며 고양이가 지나가는지 기다리고, 가족이나 회사에서 전화와 편지가 오기를 기다렸다. 사람들이 그를 비웃는 걸 알면서도 종일 고양이 잡을 생각에 빠져 있었다. 고양이가 왜 주민증을 물고 갔을까? 먹을 것도 아니고 맛있는 냄새가 나는 것도 아니다. 물어 가서 어쨌을까? 아무 데나 버렸을까? 아니면 잠자리에 가져다 놨을까? 새끼한테 물어다 주기라도 했나?

장 사장은 고양이의 생김새를 확실히 기억했다. 아프리카 사바나에 사는 야생 고양이는 아니었다. 짧은 갈색 털에 몸집이 작은 고양이였다. 누군가 버린 고양이가 분명했다. 사람이 기르던 고양이라면 다시 유인하기도 쉽다. 한번 호텔에 들어왔으니 다시 들어올 가능성도 크다. 하지만 그런 생각을 할 때마다 '잡아서 어쩔 건데요?'라며 비웃는 호텔 사람들의 목소리가 들리는 것 같았다. 그럴 때마다 막막함에 숨이 턱 막히고 몸이 부들부들 떨렸다. 잠도 잘 오지 않고 입맛도 없었다.

호텔 서비스에도 화가 났다. 벨보이에게 식사를 가져다 달라고 해도 바빠서 안 된다고 했고, 세탁물을 걷어 가지 않을 때도 잦았다. 최고급 서비스를 받을 상황이 아니라는 건 알고 있었다. 하지만 가장 좋은 방에 묵고 있다면 서비스를 더 잘하려는 성의는 보여야 하지 않나? 장 사장은 방 안에서 버럭 소리 지르고는 했다.

"정말 기본이 안 돼 있어! 사람이 시스템 안에 있으면 시스템에 맞춰서 일해야 할 거 아냐?"

하루가 다르게 돈이 떨어져 갔다. 이러다가는 로비에서 난민들과 같이 지내야 한다는 생각에 속이 탔다. 창밖을 내다보며 고양이를 기다리다가, 고개를 돌려 로비의 난민들을 보면 다들 무슨 언어인지 모를 말로 대화하거나 같이 모여서 텔레비전으로 나이지리아 영화와 드라마를 보고 있었다. 벨보이에게 할리우드 액션 영화는 없냐고 물었더니, 할리우드 영화는 「카사블랑카」나 「다크 패시지」, 「빅 슬립」 같은 옛날 영화만 있다고 대답했다.

장 사장이 어느 날 돈 때문에 걱정이라고 최 박사에게 말하자 정보를 알려 줬다. 호텔 매니저가 물건도 받으니까, 비싼 물건을 돈 대신 건네라고 했다. 장 사장이 밀 배급권이 있다고 말했더니, 그거라면 매니저가 아주 좋아할 거라고 말했다. 우후루에 식량이 부족할 때 정부가 나눠 준 밀 배급권이었다. 나이지리아 국경에서 팔면 달러로 바꿀 수 있다고 해서 쓰지 않고 가지고 있었다.

최 박사의 말대로, 매니저는 장 사장이 내민 배급권을 방값 대신 받았다. 그리고 이렇게 말했다.

"계속 프리미엄 객실을 쓰실래요? 싼 방으로 바꾸면 더 오래 머물 수 있잖아요."

반값 방을 제안했는데 가장 좋은 방은 아니라고 해도 여전히 보통 객실보다 훨씬 좋고 혼자 있을 수 있다고 해서 그러겠다고 했다. 싼 객실로 옮기다니 계급이 낮아지는 기분이라고 말했지만, 매니저는 맞장구쳐 주지 않았다. 객실은 훨씬 작고 거실이 따로 없었지만 나쁘지 않았다. 그곳 창문에서는 지금은 사용하지 않는 수영장과 골프장, 테니스장 등이 훤히 보였다.

며칠 후 갑자기 난민들에게 특식이 나왔다. 특식이라고는 해도 옥수수를 찐 전통 요리에 고기가 약간 더 들어갔고 고급 향료를 썼을 뿐이었다. 장 사장이 레스토랑으로 들어가자 갑자기 난민들이 고맙다며 박수를 쳐서 어리둥절했다. 최 박사가 말했다.

"떠날 때 줘야 고마워하지. 지금 주면 어떡해?"

그가 판 밀 배급권으로 매니저가 옥수수를 대량으로 사서 사람들에게 특식을 돌린 것이다. 내 돈이 이렇게 쓰이는구나, 장 사장은 한숨을 쉬었다. 테이블에 앉아 직원이 식사를 가져다주길 기다리고 있을 때, 특식을 제일 먼저 타 가는 여자아이를 보고 깜짝 놀랐다. 열 살쯤 되어 보이는 여자아이가 벨보이와 같이 접시를 놓고 식사를 하고 있었는데, 아이에게서 눈을 뗄 수가 없었다. 아이가 고양이를 안고 있었다.

아이가 그전부터 호텔에 있었고, 심지어 장 사장보다 오래전에 있었다고 하는데 본 기억이 없었다. 난민에게 별로 관심이 없어서 기억에 남지 않았을 터였다. 깡마른 몸에 눈이 크고 곱슬머리를 가진 흑인 여자아이였다. 우후루의 화려한 원피스 같은 전통 의상을 입을 때도 있고 교복 같은 옷을 입을 때도 있었다. 얼른 테이블을 옮기고 아이에게 말을 걸었지만 아이는 장 사장을 쳐다보지도 않았다. 입맛이 없어서 다 못 먹겠다며 음식을 덜어 주자 아이의 경계심이 누그러졌다. 고양이는 그동안에도 아이 품에서 얌전히 잠들어 있었다.

페르시안 고양이처럼 생겼는데 흰색 털이 길지는 않았다. 나중에 고양이가 깼을 때 본 두 눈은 한쪽은 푸른색, 다른 쪽은 금색이었다. 아이가 안고 있는 폼으로 봐서는 고양이가 꽤 무거워 보였다. 그때까지도 장 사장은 고양이에게서 이상한 점을 눈치채지 못했다.

아이와 함께 테이블에 앉아서 식사하던 벨보이가 아이는 열 살이고 부모가 교수라고 소개했다. 장 사장이 되물었다.

"아버지가 교수라고?"

"아버지와 어머니 둘 다 교수라고요."

벨보이가 지적했다. 아이가 먼저 호텔에 도착했고, 부모와 이곳에서 만나기로 했는데 중간에 길이 막혀서 혼자 호텔에서 기다리고 있다고 했다. 아이를 보호하기 위해 항상 어른이 옆에 있었고, 벨보이가 같이 식사하는 이유도 그 때문이었다. 벨보이의 설명을 들으면서 장 사장은 벨보이의 이름을 처음으로 제대로 기억했다. 그의 이름은 침니시였고, 성은 끝까지 떠올리지 못했다.

"아버지가 교수라니…."

장 사장이 중얼거리자 침니시가 아버지와 어머니 둘 다 교수라고 고집스럽게 바로잡았다. 장 사장은 괜히 헛기침을 하며 말했다.

"뭐, 아무튼, 고양이가 있군."

아이에게 계속 말을 걸어도 대답이 없어 처음에는 영어를 모르나 했더니 아니었다. 한번 말문이 트이자 말이 많아졌다. 게다가 아이는 이미 장 사장을 알고 있었다.

"복도에서 기절했잖아요."

그가 주민증을 잃어버렸을 때 로비에서 펄쩍펄쩍 뛰다가 기절한 일을 기억하고 있었다. 호텔 사람들은 다 알고 있다면서 아이와 침니시가 같이 웃었고, 장 사장은 억지로 따라 웃으며 대답했다.

"고양이 때문이야."

장 사장이 고양이가 메달을 훔쳐 가서, 고양이를 다시 잡을 계획이라고 말했다. 넌지시 아이의 흰색 고양이가 도움이 될지 모른다고 말했다. 고양이를 밖에 내보내면 갈색 고양이와 친구가 돼서 같이 올지도 모른다고 하자, 아이가 딱 잘라 말했다.

"안 그래요. 고양이는 다른 고양이와 쉽게 친해지지 않아요."

아이는 고양이에 대해 꽤 잘 아는 모양이었다. 하지만 장 사장도 열 살 여자아이한테 말싸움에서 지고 싶지 않았다.

"꼬마야, 너는 이름이 뭐냐?"

"블레싱 올로워포예쿠요."

"나는 장 사장이다. 아무튼 블레싱, 아프리카 사자들은 무리 생활을 하잖아. 같은 고양잇과니까 고양이도 그럴지 모르잖아? 도시의 암고양이들은 무리 지어서 새끼를 키운다는 다큐멘터리를 본 적이 있어."

"미스터 장, 여기 고양이는 도시 고양이가 아니잖아요."

"미스터 장이 아니라 장 사장이라니까. 내가 본 고양이는 아프리카 고양이가 아니었어. 호텔 손님 중에 누군가가 잃어버린 애완고양이일 거야. 사람과 같이 살았던 고양이가 분명해. 그러니 다른 고양이를 보면 좋아하지 않을까?"

"하지만 로봇 고양이와 친해지진 않을걸요."

아이의 대답에 잠시 말문이 막혔는데, 블레싱이 고양이를 들어서 눈앞에 가까이 들이댔다. 자세히 보니 정말로 로봇이었다. 왜 못 알아봤을까? 예쁜 흰 털도 인공적으로 보였고, 뒤척이는 움직임도 느리고 부자연스러웠다. 블레싱은 로봇 고양이 '가브리엘'이 전기로 움직인다고 설명했고, 옆에 가지고 있던 어린이 가방 안에 있는 어댑터와 비상 배터리도 보여 줬다.

로봇 고양이 가브리엘에 대해서 성급하게 묻진 않았다. 아이를 귀찮게 했다간 사람들이 장 사장이 아이와 못 만나게 막을 테니까. 그래서 천천히 접근하는 방법을 선택했다. 아이를 보면 친절히 인사하고, 한국에 가져가려고 했던 우후루의 전통 의상과 모자, 팔찌 같은 선물을 아이에게 줬다. 그러다가 아이가 좋아할 때면 고양이에 관해 슬쩍 물었다.

블레싱의 부모는 로봇에 장착하는 인공 지능의 하드웨어를 연구하는 연구소의 과학자였고, 고양이도 연구소의 작품이었다. 로봇 고양이가 빨리 달리거나 날렵하게 움직이지 못해도, 인간에게 어리광을 부리는 모습은 실제 고양이보다 더 대단했다. 다른 사람들은 신기한 장난감 정도로 봤지만, 장 사장은 군사용 드론이나 무인 자동차보다 훨씬 더 진보된 기술을 집약한 물건임을 바로 알아차렸다. 단지 귀여운 고양이의 모습으로 숨기고 있을 뿐이었다. 하지만 장난감이 아니었으니 잠시 빌리는 일은 꿈도 꿀 수 없었다. 난민들은 언뜻 보기엔 자유롭게 생활하는 것 같으면서도 어린아이와 여성을 철저하게 보호했다. 아이인 블레싱이 특식을 제일 먼저 받아 간 일이 좋은 예였다. 겉으로는 로비에서 평안하게 모여 있어도, 수상한 어른이 아이에게 함부로 접근하지 못하도록 서로 지켜보고 있었다. 블레싱 또한 적어도 세 명의 여성이 번갈아 돌봤고, 직원들도 블레싱에게 지나치게 가까이 가는 낯선 어른이 없는지 늘 감시했다.

장 사장은 블레싱의 고양이를 이용해 숲 어딘가 있을 주민증을 찾아올 방법을 끝없이 고민했다. 그때쯤 사건이 터졌다.

여느 날처럼 창가에 앉아 밖을 감시하고 있을 때 갈색 고양이를 본 것이다. 고양이가 눈에 띄자마자 그동안의 감정이 폭발하며 이성을 잃은 장 사장은 호텔 정문을 박차고 나가서 뒤를 따라갔다.

"저놈의 고양이가!"

괴성에 놀라 겁에 질린 고양이가 도망치기 시작했다. 누군가 뒤따라 나와서 장 사장을 붙잡았는데, 벨보이 침니시가 무슨 미친 짓이냐고 소리 지르며 그를 잡아끌었다. 어느새 숲에서 튀어나온 드론이 요란한 프로펠러 소리와 함께 날아왔다. 고양이에게 가려고 애쓰는 장 사장을 침니시가 붙잡아 호텔로 질질 끌고 가는 동안, 날아온 드론이 총구를 겨눴다. 장 사장은 화가 나서 잡히는 대로 집어 드론을 향해 던졌다. 낙엽과 함께 바닥에 굴러다니던 먼지 쌓인 맥주병이 장 사장의 손에 잡힌 건 우연이었다. 허공을 날아간 맥주병이 드론을 정확히 명중했다. 드론이 기우뚱하더니 땅에 떨어졌다. 프로펠러가 부서진 채로 요란하게 땅바닥을 빙빙 돌던 드론이 곧 작동을 멈췄다. 장 사장뿐 아니라 침니시도 놀라서 멍하니 드론을 내려다보았다. 장 사장이 떨어진 드론을 끌고 호텔로 들어왔다.

"내가 맞혔으니까 내 거야."

드론을 가지고 들어오는 장 사장을, 직원도 손님도 매니저도 어이가 없었는지 멍한 얼굴로 쳐다보았다. 단 한 명, 최 박사만 장 사장을 보며 낄낄 웃었다. 씩씩대면서 객실까지 끌고 올라온 드론을 몇 번 걷어찼다. 그래도 분이 풀리지 않았다.

장 사장은 망가진 드론을 바라보며 이것을 이용해서 숲을 무사히 빠져나갈 방법이 없을지 고민했다. 하늘을 날아다닐 때는 그렇게 커 보이지 않았는데 사람만큼이나 컸다. 최신식 군사 드론이었다. 나중에 매니저와 직원들이 방에 찾아와서는, 드론에 장착된 총과 안에 있던 총알을 넘기면 일주일 더 객실을 공짜로 쓸 수 있게 해 준다고 해서 바로 그렇게 했다.

몸체의 부품은 아무리 들여다봐도 뭐가 뭔지 알 수가 없어서 최 박사를 불렀다. 드론을 살피는 최 박사에게 장 사장이 말했다.

"천을 뒤집어쓴 채로 드론을 들고 다니면 다른 드론을 피할 수 있지 않을까요? 같은 드론을 공격하지는 않을 테니까. 내 아이디어 어때요?"

최 박사는 침을 튀기며 웃더니 장 사장에게 도대체 전공이 뭐냐고 물었다. 경제학이라고 답하자 실실 웃으면서 말했다.

"확실히 과학과는 상관없군요. 차라리 드론 부품을 고양이에게 붙이면 어때요?"

최 박사가 드론 구조를 자세히 알려 줬다. 드론의 부품 중 초소형 카메라가 가장 비싸고 중요한 부품이었다. 카메라는 정말 작아서 엄지손가락만 했다. 그런데 그 작은 카메라로 사람을 식별해 신분을 판단하고, 영상과 소리를 수집해 군부의 컴퓨터에 전송했다. 최 박사는 장 사장이 드론을 맥주병으로 때려잡은 사람으로 컴퓨터에 기록됐을 거라며 껄껄 웃었다.

최 박사가 카메라를 드론에서 뜯어내 고양이에게 달 수 있다며, 카메라가 보내는 영상과 음성 신호를 받을 기계도 가지고 있다고 했다. 최 박사가 보여 준 그 '기계'는 돈 주고는 절대 사지 않을 낡은 태블릿 피시였다. 하지만 어쨌든 최 박사는 카메라와 태블릿을 연결해 주겠다고 자신만만하게 말했다.

"카메라가 촬영한 고양이의 시선을 태블릿 피시로 받는 겁니다. 그리고 블레싱이 음성으로 카메라에 붙은 스피커로 고양이를 조종하는 거죠. 그러면 고양이를 드론 삼아서 숲을 다닐 수 있잖아요."

최 박사의 제안이 정말 놀라웠는데, 나중에 곰곰이 생각하니 혹시 그도 블레싱의 고양이를 노리고 있었던 게 아닌지 의심이 들었다. 아무튼 고양이를 조종해서 숲을 돌아다닐 수 있다니 믿어지지 않을 만큼 좋은 뉴스였다. 최 박사가 반은 근심하는 표정으로 반은 장 사장을 깔보는 표정으로 말했다.

"하지만 고양이를 빌려달라고 블레싱을 설득할 수 있나요? 귀한 고양이고 함부로 다루면 안 된다고 부모가 단단히 일렀을 겁니다."

그의 말이 옳았다. 비싼 고양이를 숲에 내보내다니, 뭔가 잘못돼서 고양이가 돌아오지 못하면 끝이었다. 어떻게 블러싱에게 고양이를 빌려달라고 할지 손톱을 물어뜯으며 고민할 때, 생각지도 못한 기회가 왔다.

로비에서 지내는 난민 중에 말라리아를 앓는 사람이 네 명 있었다. 처음엔 장 사장도 신경 쓰지 않았다. 우후루에서는 내전 때문에 의약품 공급이 부족했지만, 나이지리아에 가면 쉽게 구할 수 있었다. 가격도 미국 달러로 30센트도 안 됐다. 알아서 잘 해결하겠지 생각했다가, 가방에 말라리아 의약품을 가지고 있다는 사실을 새삼스럽게 기억해 냈다. 얼른 말라리아 1차 치료제와 피부 연고와 소독약과 해열제와 다른 풍토병 치료제를 들고 가서 선물했다. 약을 받은 난민들이 눈물을 글썽이면서 고마워했고, 언제 소식을 들었는지 매니저도 나타나 고맙다며 장 사장을 포옹했다. 위스키는 잘 구하면서 약은 왜 못 구하는지 몰랐지만, 아무튼 그의 포옹을 받았다. 블레싱이 난민들을 도와줘서 감사하다고 말할 때 장 사장은 간신히 흥분을 감추며 기회를 놓치지 않고 물었다.

"블레싱, 괜찮다면 고양이를 잠시 빌려주지 않겠니?"

드론에 들어간 첨단 기술이 정말 정교하고 어렵다고 최 박사가 입만 열면 반복해서 말했는데, 사례비를 많이 달라는 뜻이었다. 돈…. 예전에는 얼마든지 있다고 대답했지만, 지금은 아니었다. 장 사장이 머뭇거리자 최 박사가 손을 가리키며 물었다.

"손에 낀 반지는 결혼반지인가요? 다이아몬드죠? 몇 캐럿이에요?"

"6년 전에 사별한 아내와의 결혼반지입니다."

최 박사가 그러면 반지는 안 되겠군요,라고 말하려는데 장 사장이 그의 말을 자르고 반지를 손가락에서 빼며 대답했다.

"그러니까 나한테는 아무 소용 없는 반지죠. 반드시 고양이 목에 카메라를 다세요. 나는 무슨 일이 있어도 주민증을 찾을 겁니다."

드론에서 떼어 낸 카메라를 고양이에게 다는 동안 이번에는 돈이 떨어졌다. 매니저가 찾아와 조용히 말했다. 의약품은 고맙지만 돈이 없으면 더 싼 객실로 옮기면 어떠냐고. 혼자 쓰도록 하고 청소도 깨끗이 해 주겠다고 부탁하듯이 말하는 데, 거절할 이유가 없었다. 새로 옮긴 방은 좁고 벽이 얇아서 옆 객실에서 우후루 사람들의 시끄러운 영어와 이보어가 들렸다. 국경을 넘어 도망치는 사람들의 불안한 대화여서 듣기 힘들었다. 매일 밤 장 사장은 조만간 호텔을 떠나리라 속으로 다짐하며 시트를 뒤집어쓰고 잠을 청했디.

최 박사가 떼어 낸 카메라를 고양이 목걸이에 달고 카메라가 보낸 신호를 태블릿이 제대로 수신하는지 테스트도 완료했다. 고양이는 블레싱의 목소리에만 반응해서, 장 사장의 객실에서 테스트하지 못하고 블레싱이 있는 로비로 내려와야 했다. 최 박사 주변에 사람들이 몰려와서 구경했다. 늘 바쁘다던 매니저도 왔고 직원들도 모여들었다. 블레싱이 가브리엘을 호텔 정문으로 내보낸 다음 태블릿을 통해 지시를 내리자 가브리엘이 명령대로 움직였다. 가브리엘은 호텔을 벗어나 숲으로 들어갔고, 태블릿으로 숲의 풍경이 보였다. 직원들이 다들 긴장한 표정으로 웅성거렸다. 숲 내부를 제대로 본 건 오랜만이었을 것이다. 숲 안으로 들어가자 하늘에 드론이 벌떼처럼 모여 있어 지켜보던 사람들은 모두 놀라 숨을 들이켰다. 드론은 가브리엘을 동물로 판단했는지 공격하지 않았다.

최 박사가 드론을 보고 기가 막힌다는 표정으로 장 사장에게 말했다.

"저런 곳을 침대 시트를 뒤집어쓰고 가겠다고 했어요?"

장 사장은 가브리엘의 움직임이 느려서 답답했는데 호텔 직원들은 달랐다. 어디서 났는지 주변 시도를 가져와서 드론이 모여 있는 지역을 표시하기 시작했다. 버스가 들어오거나 떠날 때 드론을 피해서 갈 길을 표시할 수 있게 됐다면서 흥분했다.

하지만 정작 갈색 고양이는 만나지 못했다. 이틀째에도 못 보고 사흘째에야 고양이와 마주쳤는데, 고양이는 가브리엘을 보고 놀랐는지 따라가면 도망가 버렸다. 천천히 걷는 정도로만 움직이는 가브리엘은 고양이를 따라가지 못했다.

고양이를 놓쳐서 초조함과 긴장에 부들부들 떠는 장 사장에게 침니시가 아이디어를 냈다.

"고양이가 좋아하는 음식을 갖고 가서 유인하면 되지 않을까요?"

고양이는 뭘 좋아하지? 장 사장은 매니저를 찾아가 생선 한 마리만 달라고 부탁했다. 매니저는 생선이야 있긴 하지만, 귀한 생선을 함부로 줄 순 없다며 대답했다.

"일을 도와주면 드리죠."

“일?”

매니저는 호텔 직원과 일부 손님까지 동원해 그날 저녁 특식을 준비하고 있었다. 튀긴 바나나와 찐 쌀과 고구마를 양념한 우후루의 전통 요리였다. 매니저가 호텔의 유니폼 재킷까지 꺼내 주더니 그걸 입고 사람들에게 음식을 가져다주라고 명령했다. 그가 재킷 입은 모습을 보고는 침니시가 배를 잡고 웃었는데, 생선 한 마리 때문에 호텔 직원 일까지 하다니 장 사장은 부끄러움에 눈물이 날 지경이었다. 굴욕의 정점은 특식을 내놓은 사람이 최 박사라는 사실을 알았을 때였다.

“호텔을 떠나는 기념으로, 지금까지 신세도 많이 졌고 해서 여러분에게 한턱냈습니다.”

매니저가 최 박사가 준 돈으로 산 음식이라고 말하자 레스토랑에 모인 사람들이 환호하며 박수를 쳤다. 최 박사는 이제 돈을 모을 만큼 모았다며 오늘 밤 무인 트럭이 오면 바로 떠난다고 했다. 돈이야 많이 모았겠지, 장 사장은 생각했다. 다이아몬드 반지도 챙겼으니까. 이런 상황에서도 돈을 벌어서 가는 사람이 있다니, 사람이 저렇게 처세를 잘해야 하는데 말이지…. 자신의 처지와는 하늘과 땅 차이였다. 그러다가 최 박사가 뭘 팔아서 돈을 모았는지 들었을 때는 충격으로 잠시 머릿속이 하얘졌다.

“주민증을 팔았다고? 남는 주민증을 가지고 있었어?”

주민증은 팔 수 없었다. 우후루의 독재자가 국민을 통제하려고 만든 기술의 총합이어서 다른 사람의 주민증을 사용할 수도 위조

할 수도 없었다. 최 박사가 설명했다.

"어린아이는 됩니다. 어린아이 중에는 아직 금화가 없거나 정보가 불충분하게 담긴 경우가 있어요. 그런 경우는 금화만 가져가도 인정해 줘요."

최 박사가 남는 주민증을 하나 가지고 있어서, 비싼 금액을 지불할 난민을 계속 기다렸고 결국 성공했다고 말했다. 주민증을 팔면서 자신에게는 한 번도 말을 안 했다니 장 사장은 기가 막혔다. 장 사장이 혹시 주민증이 자신에게도 유용할지 물으려는데 최 박사가 먼저 대답했다.

"어른은 생체 정보가 달라서 안 됩니다. 무인 트럭에 아예 탑승이 안 됩니다."

음식과 접시를 나르느라 바빠서 떠나는 최 박사를 배웅하지도 못했다. 밤늦게야 침니시와 같이 식사를 했다. 그리고 매니저를 찾아가 더는 일 못 하니까 빨리 약속대로 생선을 달라고 떼를 써서 연어 한 조각을 받아 왔다.

다음 날 당장 가브리엘의 입에 연어를 물려서 숲을 돌아다녔지만 갈색 고양이는 보이지 않았다. 그래서 이번에는 고양이를 봤던 그 장소에 연어를 내려놓고 기다렸다. 그편이 가브리엘의 배터리도 절약되고, 가브리엘에게 음성 명령 내리길 귀찮아하는 블레싱에게도 편했다. 블레싱은 가브리엘에게 이래라저래라 말하기 귀찮은지 장 사장 옆에 잘 오려고 하지도 않았다. 호텔 직원들의 관심도 줄어서 드론이 많이 나오는 지역을 발견하면 표시해 달라면서 지도를 맡기고는 일하러 가 버렸다. 최 박사도 없으니 태블릿 피시 앞을 지키는 건 장 사장뿐이었다.

다음 날 다시 얻은 연어 조각을 같은 장소에 가져다 놓았다. 사흘째에 확인해 보니 그동안 갖다 놓은 생선 조각이 없어져서, 다시 생선을 들고 그 자리에서 계속 기다렸다. 네 시간 후에 갈색 고양이가 나타났다.

고양이가 가브리엘을 향해 천천히 다가오는데 얼마나 조심스러운지 지켜보는 장 사장은 조바심이 나다 못해 신경질이 날 지경이었다. 연어 냄새를 조심스럽게 맡은 고양이는 생선을 물고 천천히 걷기 시작했다. 가브리엘이 고양이를 따라가도록 블레싱이 명령해야 하건만 하필 아이가 보이질 않았다.

장 사장이 급한 마음에 직접 영어로 말을 걸었더니 가브리엘이 움직였다.

"블레싱 옆에서 계속 내 목소리를 들어서 익숙해졌나?"

고양이가 더 빠르게 움직일 때도 있고 앞서가서 시야를 벗어날 때도 있었지만, 가브리엘은 용케 놓치지 않고 뒤를 따라갔다. 고양이는 낯선 장소에 이르면 일단 멈췄다가 다시 걸음을 옮기곤 했는데, 드론이 어디에서 튀어나올지 모르기 때문인 것 같았다. 장 사장은 드론이 보일 때마다 지도에 표시했다. 사바나의 높은 풀, 고르지 않은 땅, 흙먼지 속에서 가브리엘은 그럭저럭 갈색 고양이를 잘 따라갔다. 이윽고 숲 한가운데 풀을 불로 태워서 만든 공터가 나타났고, 그곳이 갈색 고양이의 목적지였다. 공터에 뜬금없이 구덩이가 있었다. 누가 판 구덩이일까? 장 사장은 고민했다. 갈색 고양이가 구덩이를 따라 내려가기 시작하자 가브리엘에게 구덩이로 내려가라고 명령했다. 나뭇잎과 나뭇가지와 풀이 쌓여 있어서 바닥이 잘 보이지 않았다.

구덩이 바닥에 도착하자 고양이는 연어 조각을 내려놓았다. 그곳이 갈색 고양이의 집이었고, 지금까지 가져온 뭔지 모를 천 조각과 철사, 나뭇가지도 있고 큰 낙엽도 있었다. 그 사이로 햇빛을 받아 빛나는 동그란 금속 덩어리가 보였다. 장 사장은 태블릿을 든 채로 움직이지 못하고 화면만 한동안 내려다보았다. 그가 그토록 찾던 주민증이었다. 가브리엘에게 금속 덩어리에 다가가라고 명령했다. 동그란 황금색 표면에 그의 이름과 신상이 우후루의 공식 언어인 영어, 프랑스어, 하우사어, 이보어로 적혀 있었다. 얼른 가브리엘에게 주민증을 입에 물라고 했더니, 생소한 명령인지 그의 목소리가 떨려서 그랬는지 명령을 수행하지 않아 애가 탔다. 눈앞에 있는 물건을 입으로 물라고 열다섯 번 넘게 말한 다음에야 가브리엘이 주민증을 입에 물었다. 그리고 가브리엘이 구덩이 안으로 더 깊이 들어가면서 바닥이 자세히 보였다. 낙엽과 마른 풀과 흙먼지 밑으로 시커먼 형체가 있어 그게 뭔가 싶어 자세히 보았다. 동물의 사체인가 싶어 눈을 가늘게 뜨고 태블릿을 노려보던 장 사장은 놀라서 태블릿을 놓고 펄쩍 뛰었다. 검은 형체는 포개져 있는 시신들이었다. 나뭇잎과 흙으로 덮여 있었지만, 옷을 입은 사람의 팔다리 사이로 하얗게 변한 뼈가 드러나 있었다. 죽은 지 오래되어 부패해서 흙이 되고 있었다. 그 수가 얼마나 되는지는 알 수 없었다. 구덩이 크기로 봐서는 수십 명일지도 몰랐다.

"왜 그래요?"

덜덜 떨고 있는 장 사장에게 블레싱이 다가와 물었다. 아무것도 아니라고 서둘러 대답한 다음 아이가 보지 못하게 태블릿을 덮었다. 그리고 침니시에게 가 보라고 돌려보냈다.

태블릿을 다시 열고 구덩이를 확인하자, 갈색 고양이는 누워서 잠들어 있었다. 가브리엘에게 돌아오라고 하자 천천히 구덩이를 벗어났다. 주민증을 가지고 돌아오는 동안에도 갈색 고양이는 가브리엘을 따라오지 않고 구덩이 안에 있었다.

장 사장은 매니저를 찾아가 지도에 표시한 구덩이 위치를 짚으며 그가 본 광경을 설명했다. 침니시가 눈물을 흘리며 말했다.

"국경을 넘다가 체포되어 사살된 난민들일 겁니다."

매니저도 직원들도 충격을 받았고, 눈물을 흘리는 직원도 많았다. 블레싱이 안 봐서 천만다행이었다. 장 사장은 혹시 자신과 같이 버스를 타고 왔던 사람들이 드론의 공격을 받아 살해된 건 아닌지 겁이 났다. 침니시의 추측으로는 죽은 지 상당히 시간이 지난 시신이니 버스에 탄 사람은 아니고 그전에 붙잡힌 사람들일 것 같다고 했다. 매니저와 직원들이 언제 어떻게 죽은 사람들인지는 자신들이 알아볼 테니 가브리엘과 태블릿을 빌려달라고 해서 그렇게 했다.

방에 돌아와 주민증을 깨끗이 씻어 테이블에 놓았다. 그토록 찾던 주민증인데 가까이하기 두려웠다. 침대에 누워 눈을 감아도 시신들의 모습이 자꾸 떠올랐다. 버스에 함께 탔다가 호텔로 들어오지 못했던 사람들은 아닐까 반복해서 생각했다. 침니시가 아니라고 했으니 아니겠지 생각하다가도, 혹시 버스에 탔던 사람 중 고양이를 데리고 있던 사람은 없었는지 끊임없이 기억을 되새겼다.

갈색 고양이가 왜 장 사장의 주민증을 가져가서 시신 앞에 놓았는지 알 수 없었다. 고양이가 주인에게 뭘 물어다 주는 습성이 있다는 것은 알고 있었다. 하지만 주인이 죽었는데도 고양이가 고집스럽게 주변을 맴돌며 물건을 물어다 놓은 이유는 몰랐다. 고양이의 마음을 어떻게 알겠는가. 어쨌든 고양이가 주민증의 가치를 알고 가져가지는 않았을 것이다. 주인이 주민증이 없어서 죽었다고 판단할 만큼 지능이 높진 않으니까. 설마 주민증을 가져다주면 죽은 주인이 다시 일어나 자신을 데리고 가리라 생각하지 않았을 것이다. 장 사장은 그렇게 믿고 싶었다.

침니시가 5일 후 무인 트럭이 올 예정이라고 알려 줘서, 천천히 짐을 챙겼다. 떠난다니 믿어지질 않고 홀가분하기도 했다. 그동안 신세를 졌던 블레싱과 헤어지는 게 아쉬웠다. 나이지리아로 가면 어떻게 집에 연락할지, 한국으로는 어떻게 돌아갈지 고민했다. 더는 창밖을 보며 고양이를 기다릴 필요도, 전화를 기다릴 필요도 없었다. 원하는 물건을 찾았으니 가브리엘을 이용해 숲을 확인할 필요도 없었다. 비싼 다이아몬드 반지를 포기하고 얻은 카메라와 태블릿도 전부 매니저에게 넘겼다.

며칠 후 장 사장이 로비에서 시간을 보내고 있을 때였다. 로비 바닥의 카펫이 치워져 있고 나무 바닥이 드러나 있어서 대청소를 하나 싶었다. 갑자기 덜컥 소리와 함께 바닥 일부가 문처럼 위로 열리더니, 사다리가 구멍에서 비죽 튀어나오고 사람들이 땅 밑에서 올라오기 시작했다. 처음으로 나온 여자와 남자가 대여섯 명을 끌어 올렸다. 침니시가 블레싱을 안고 로비로 들어왔는데, 아이가 처음에 나온 여자와 남자를 향해 소리 지르며 달려가서는 끌어안고 엉엉 울었다.

블레싱의 부모인 올로워포예쿠 부부였다. 호텔 사람들이 사다리에서 올라온 사람들에게 고생 많았다며 반갑게 맞았다. 눈물을 흘리는 블레싱 가족을 보며 따라 우는 사람도 있었다. 딸은 아빠를 닮는다더니, 정말 블레싱의 큰 눈, 코, 마른 몸이 아빠와 똑같이 닮아 있었다.

부부를 비롯해 올라온 사람들은 죄다 흙먼지를 뒤집어쓰고 있었다. 군부의 방해 때문에 버스를 타기가 어려워서, 아예 땅굴을 파서 숲을 가로질러 오느라 오래 걸렸다고 했다. 장 사장은 블레싱의 고양이를 빌려서 주민증을 다시 찾은 일을 열심히 설명했지만 다들 별로 신경 쓰지 않았다. 재미있는 이야기라고 생각했는데 반응이 별로여서 머쓱해졌다.

장 사장이 블레싱과 같이 떠날 수 있어서 기쁘다고 말하자, 블레싱의 엄마가 대답했다.

"우리는 엠파이어 호텔에 있어야 해요. 블레싱은 메달이 없어요. 여기서 상황이 좋아지길 기다려야죠. 미스터 장이 메달을 찾으셨다니 다행이에요."

블레싱에게 주민증이 없다니. 당연히 같이 가는 줄 알았는데 여기 더 머문다는 말에 숨이 턱 막혔다. 주민증을 찾느라 도움을 많이 받았는데 두고 가야 한다니. 같이 나이지리아로 가면 식사라도 대접하고 싶었는데…. 블레싱의 아버지는 걱정하지 말라고 말했다. 나이지리아도 북부는 정세가 불안정하고, 우후루 난민에 대한 대우도 좋지 않아 가족이 함께 호텔에 있는 편이 더 안전하다고 했다. 하지만 호텔이 위험한 곳이 되면? 내전이 어떤 상황으로 변할지 알 수 없었고, 군부가 이 지역을 장악하는 순간 드론이 날아와 호텔을 벌집으로 만들 것이다.

부모가 번갈아 말했다.

"동굴도 팠으니까 안전할 겁니다."

"가족이 만났으니 그것만으로도 다행이잖아요. 안 그래요?"

하지만 그들도 자신은 없는 것 같았다.

힘없이 방으로 돌아와 짐을 바라보며 시간이 가길 기다렸다. 침대에 누워 눈을 감으면 시신들이 자꾸 떠올라서 잠을 깼다. 침대에 앉아 블레싱을 두고 간다니 안타깝다고 생각하다가, 부모도 있고 침니시도 있고 매니저도 있으니 잘 보살펴 줄 것이라고 생각했다. 어차피 그동안 블레싱에게 해 준 것도 없지 않은가. 그렇게 멍하니 앉아 있다가 다시 잠이 들면 악몽을 꾸기를 반복했다.

무인 트럭이 오는 날 저녁에 장 사장은 블레싱 가족이 머무는 객실로 찾아갔다. 그리고 떨리는 손으로 블레싱의 어머니에게 주민증을 건네줬다. 왜 그가 주민증을 주는지 올로워포예쿠 부부에게 이해시키는 데 오랜 시간이 걸렸다. 부부가 눈물을 흘리며 거절했지만, 장 사장은 자신이 아니라 블레싱이 먼저 나이지리아로 갔으면 좋겠다고 거듭 말했다.

"그동안 블레싱과 친해졌고, 아무래도 어린아이가 안전한 장소에 먼저 갔으면 합니다. 저는 한국에서 연락이 올 테니 곧 호텔을 떠날 수 있을 겁니다. 그러니 메달을 받으세요."

사실 장 사장도 주민증을 주는 이유를 몰랐다. 단지 블레싱이 일찍 호텔을 떠났으면 했다. 아이에게 신세를 지긴 했다. 블레싱과 가브리엘이 아니었다면 주민증을 못 찾았을 테니까. 장 사장은 신분이 확실한 외국인이니 호텔이 위험해지더라도 블레싱 가족보다는 상황이 훨씬 나을 터였다. 아직 한국에서 연락이 오진 않았지만 왠지 곧 올 것만 같은 느낌이 들었다. 편지가 전달됐거나, 전달되지 않았더라도 40일이나 소식이 없다면 분명 가족도 회사도 그를 찾고 있을 터였다.

장 사장은 메달을 준 다음 방으로 돌아가려고 했지만 올로워포예쿠 부부가 붙잡고 계속 고맙다고 말했다. 언제 소문이 퍼졌는지 사람들까지 방으로 찾아와 인사를 해 댔다. 그럴 필요 없다고 해도 계속 사람들이 찾아와서, 나중에는 움직이기 불편할 정도로 방이 북적였다.

그날 밤 블레싱 가족이 호텔 뒷문으로 찾아온 무인 트럭을 탈 때 배웅 나갔다. 블레싱은 고맙다며 장 사장에게 감사 편지를 건넸다. 영어로 쓴 감사 인사 옆에, 블레싱이 언제 배웠는지 한글로 '장 사장님 감사합니다'라고 서툴게 쓴 글씨가 있었다. 장 사장은 감동해서 눈물이 날 뻔했다. 사람들이 모두 버스에 탔고, 마지막으로 블레싱이 메달을 가지고 탔을 때 버스는 신원이 일치하지 않지만 어린아이는 탑승을 허락한다는 메시지를 계기 모니터에 띄웠다. 곧이어 시동이 걸렸다. 마지막으로 떠나기 전 인사할 때, 올로워포예쿠 부부는 장 사장을 데리러 올 방법을 반드시 찾아서 돌아오겠다고 약속했다. 장 사장은 너무 무리하지 말라고 웃으며 대답했다. 그렇게 블레싱 가족과 헤어졌다.

이제 호텔 레스토랑과 로비에 죽치고 앉아 연락을 기다리는 일만 남았다. 이전과는 달리 사람들이 그에게 자주 말을 걸었다. 매니저도 찾아와서 블레싱이 호텔에 두 달 있었으니, 메달을 양보한 장 사장에게 두 달 동안 방세를 받지 않겠다고 말했다. 침니시도 앞으로 식사도 가져다주고 방 청소와 세탁물도 제일 신경 써서 해주겠다고 했다. 장 사장은 블레싱과 친했던 다른 직원들과도 안면을 텄다. 사람들과 같이 나이지리아 영화와 드라마도 봤는데 여전히 재미는 없었다. 나중에는 침니시가 지나칠 정도로 자주 말을 걸어서 짜증이 나서 말했다.

"내가 당신들한테 잘해 줬다고 해서 같은 레벨이 된 건 아니야."

침니시가 씨익 웃더니 대답했다.

"뭐, 얼마나 가나 봅시다."

바에서 술 마실 돈은 없어서 그냥 로비에 멍하니 앉아 있다가 침니시가 가끔 공짜 커피를 주면 얻어 마셨고, 돈이 없을지언정 제일 좋은 소파는 절대로 양보하지 않았다. 그리고 창밖의 숲을 바라볼 때면 그곳에 있는 갈색 고양이를 생각했다.

한소은

2023년 『강원일보』 신춘문예로 작품 활동을 시작했다.
소설집 『찬란한 날들』을 썼다.

국경

낯선 곳에서부터 차가운 바람이 불어온다. 밤새 멈출 것 같지 않았던, 어둠을 뚫고 쏟아지던 눈은 이제 흰빛으로만 남았다. 이마를 덮은 젖은 머리칼이 바람에 날린다.

바람은 남동쪽에서 불어온다. 지금 그가 가려는 곳, 그는 고개를 돌려 그곳을 바라본다. 어둡고 거대한 산에 가려진 미지의 공간. 깊이를 가늠할 수 없는 숲의 냄새가 폐로 스며 온다. 발목까지 쌓인 눈이 달빛에 드러난다. 바람은 쉬지 않고 틈새를 파고든다. 주머니 속에서 뻣뻣하게 얼어 가는 양손을 빼내 천천히 비벼 본다. 감각이 사라진 손끝에 통증이 밀려온다.

그는 하얗게 눈이 덮인 거대한 나무들 사이에 서 있다. 눈의 무게를 이기지 못한 가지들이 꺾이며 눈 속으로 파묻힌다. 도착할 때만 해도 검게 드러나던 아스팔트 길은 눈에 덮여 사라졌다. 나무들 사이에 몸을 웅크리고 있는 사내들이 초조하게 몸을 뒤척인다. 사내들이 움직이면 어디선가 마른 음성들이 떨어진다. 기다리는 시간이 길어져도 사내들의 눈빛은 사그라지지 않는다. 저들은 무엇 때문에, 고개를 젓는다. 그와는 상관없는 일이다. 어디선가 알 수 없는 짐승의 날카로운 울음소리가 들려온다. 정적을 깨며 날아오르는 새들의 그림자가 검은 하늘로 흐리게 떠올랐다 사라져 간다.

멀리서부터 두 개의 불빛이 서서히 다가온다. 쌓인 눈 때문에 빛은 서서히 걸어서 온다. 사내들은 불빛을 향해 몸을 세운다. 그는 사내들을 알지 못한다. 그들도 서로를 알지 못한다. 우리는 잠시 우연으로 이곳에 모였을 뿐이다. '우리'라는 호칭 역시 안내인의 편의를 위해 존재할 뿐이다. 몇 시간 후면 의미를 잃을 공허한 단어. 찰나의 호칭. 물론 모든 것은 '우리'의 목적이 무사히 달성됐을 때만 가능한 일이다.

흐린 달빛에 모습을 드러낸 차는 검은색 소형 버스다. 이곳에 도착한 후 거리에서 몇 번 보았던 차량이다. 차에 탄 관광객들이 창밖을 내다보며 손짓했다. 거리엔 특별할 게 없었다. 눈을 아래로 향한 채 걷는 사람들과 길거리에 쓰러진 사람들, 그리고 골목에 몸을 숨긴 그뿐이었다. 무엇을 보고 있는 것인가, 그는 사람들 눈에 띄지 않게 모자를 더 깊이 눌렀다.

브로커는 그에게 관광버스로 위장한 차를 타게 될 거라고 말했다. 굵은 체인을 감은 바퀴가 천천히 멈춰 선다. 전조등 빛에 눈이 일그러진다. 빛이 사라지는 동시에 엔진도 멈춰 선다. 낡은 쇳소리를 내며 출입문이 열린다.

거대한 체구의 남자가 버스에서 내린다. 버스를 운전하는 현지인이다. 달빛에 빛나는 머릿결과 푸른 눈빛이 차다. 운전사는 사내들을 둘러보며 온몸을 감싼 긴 패딩 점퍼 주머니에서 담배를 꺼내 문다. 바람 때문에 라이터에 불이 붙지 않는다. 뒤따라 내린 키 작은 남자가 손으로 바람을 막으며 담배에 불을 붙인다. 라이터 뚜껑을 닫은 남자가 사내들을 향해 돌아선다. 우리를 인도할 안내인이다.

안내인은 커다란 털모자에 두꺼운 털 코트로 온몸을 감쌌다. 검정 마스크를 쓴 얼굴엔 눈동자 두 개가 검은 구멍처럼 뚫려 있다. 그는 안내인이 추위에 약한 사람이거나 무언가로부터 자신을 감추기 위해 애쓰는 사람이라고 생각한다. 안내인은 주의 사항을 전한다. 앞으로 두 시간 후면 해가 뜰 것이다, 그때쯤이면 국경에 도착할 것이다. 그때까지 절대, 어떤 소리도 내서는 안 된다, 국경을 완전히 넘어설 때까지는 스스로 유령이라고 생각해야 한다, 앞으로 두 시간이 우리의 운명을 결정할 것이다. 안내인의 말은 보이지 않는 바람 사이로 흩어진다.

안내인은 뒤돌아서 운전사와 몇 마디 주고받는다. 그들이 주고받는 언어를 그는 알아듣지 못한다. 안내인은 몇 번인가 사내들을 뒤돌아본다. 그리고 사내들에게 마지막으로 소변을 보거나 담배 피울 시간을 준다. 그는 나무 사이로 들어가 바지 지퍼를 내리고 마렵지 않은 소변을 본다. 차갑게 쪼그라든 성기에서 한참 후에야 몇 방울이 떨어진다. 눈밭에 노란 구멍이 뚫린다. 숲에 흔적을 남긴다.

그와 사내들은 안내인을 따라 버스로 향한다. 계단을 올라서자 히터의 온풍이 먼저 살갗에 감겨 온다. 2인용 좌석이 양쪽으로 늘어선 버스 내부는 겉모습처럼 무엇 하나 특별할 것이 없다. 이곳 어디에 그를 숨겨 줄 공간이 있는 것일까. 그 앞에는 얇고 긴, 용도를 알 수 없는 가방을 든 가죽점퍼의 사내가 있다. 모두가 맨손인데 가죽점퍼만 가방을 품에 안고 있다. 뒤로는 안경을 쓴 사내와 나머지 세 명의 사내들이 줄지어 선다. 안내인은 버스 맨 끝, 긴 뒷좌석 앞에서 멈춰 선다.

안내인이 뒷좌석의 양옆을 손으로 더듬는다. 자물쇠 풀리는 소리가 차내에 울린다. 안내인은 뒷좌석을 덮고 있던 두꺼운 쿠션을 들어 올린다. 쿠션이 올라간 자리로 벌집 모양으로 얽힌 은색 철판이 드러난다. 안내인은 주머니에서 드라이버를 꺼내 철판 나사를 풀기 시작한다. 나사를 풀고 좌석 한 칸 크기의 철판을 들어 올리자 사람 한 명이 들어갈 수 있는 크기의 검은 공간이 드러난다.

안내인은 이곳이 사내들이 숨을 곳이라며 한 사람씩 들어가라고 말한다. 안으로 들어가면 구석부터 차례로 자리를 잡으라고, 일단 자리를 잡으면 벽을 두드려 신호를 보내라고 한다. 절대 말은 하지 말고 그냥 두드리기만 하라고. 가죽점퍼가 먼저 구멍으로 다가선다. 가죽점퍼의 두 다리와 허리가 사라지고, 마침내 머리 위로 들고 있던 가방까지 흔적 없이 지워진다. 잠시 후, 차체를 두드리는 소리가 들리고 안내인이 그를 향해 손짓한다. 그는 두 발을 차례로 구멍을 향해 뻗는다. 머리까지 내려오고 나니 그곳엔 섬뜩한 냉기와 어둠뿐이다. 산 채로 흙에 파묻힌다면 이런 기분일지도 모르겠다고 생각한다. 그는 무릎을 꿇고 기어간다. 무언가에 머리를 부딪치고 그게 먼저 들어간 가죽점퍼라는 걸 알아채고 옆으로 자리를 잡는다. 무릎을 세우고 최대한 몸을 구부려 보지만, 뒤통수가 천장에 닿는다. 깊게 숨을 내쉬며 머리 위 벽을 두 번 두드려 신호를 보낸다. 차례로 사내들이 들어오고 그들은 어깨와 몸뚱이를 서로 맞댄 채 조금이라도 더 자리를 차지하려 몸을 뒤튼다. 무릎 사이에 얼굴을 파묻는다. 누군가의 침이 목젖을 타고 내려간다. 마지막으로 들어온 사내가 신호를 보내자 위에 있던 안내인이 흐린 빛이 스며들던 구멍이 철판을 덮는다. 나사가 채워지는 소리, 쿠션이 덮이고 잠금장치가 잠기는 소리, 안내인이 멀어지는 발소리를 듣는다. 사내들은 아무 말 없이 한 치의 틈도 없는 어둠 속에서 이제 곧 시작될 이동을 준비한다.

거대한 엔진과 부품들이 얽히며 부딪치는 소음이 날카롭게 귓속으로 파고든다. 드디어 출발이다. 그는 무릎에 얼굴을 파묻은 채 얼마 남지 않은 순간을 상상한다. 아침 해가 떠오를 시간, 크리스마스의 아침이 밝아 올 무렵이면 사내들은 국경에 도착할 것이다. 그는 국경 수비대원이 신실한 기독교인이기를 기도한다. 오늘만은 그들의 눈이 멀고 귀가 닫히기를. 보고도 보지 않은 척하는 아량을 지니기를. 영원할 것 같던 긴장이 잠시 육체를 피하자 정신이 몽롱해진다. 어딘가 빈 구멍을 비집고 들어오는 찬 공기를 느끼며 그는 눈을 감는다.

그가 아이였을 때, 남자는 늘 술에 취해 있었다. 아이를 감싸던 여자의 머리카락 사이로 검붉은 핏방울이 흘러내렸다. 남자가 잠이 들면 여자는 수돗가에서 무심히 피를 닦았다. 그리고 낡은 외투를 입고 일터로 떠났다. 여자는 종일 무거운 쇠솥을 닦는다고 했다. 쇠솥의 무게만큼 여자는 지쳐 보였다. 여자는 추운 겨울이면 피딱지가 앉은 입술로 차가운 물에 손을 담갔다. 남자가 아무렇게나 던져 놓은 그릇들을 씻으며 희미한 입김을 뱉어 냈다. 살얼음이 언 물속에서 여자의 손은 얼어붙을 것 같았다. 얼어 버린 손목이 얼음 막대처럼 뚝, 부러져 버리는 게 아닐지 아이는 무서웠다. 추운 계절이 지나서야 아이는 참고 있던 긴 숨을 내쉬었다.

아이는 자라 소년이 되었다. 여자가 사라진 그 겨울, 여자의 손에는 무언가 들려 있는 날들이 많았다. 소년은 졸린 눈을 치켜뜨며 여자가 가져오는 음식들을 기다렸다. 소년에게 음식을 먹이는 여자의 손은 뼈만 남아 앙상했다. 여자는 떠나기 전날 밤 공책과 연필을 소년에게 주었다. 소년은 흰 종이에 여자를 그렸다. 그 모습을 보며 여자가 희미하게 웃었다. 소년은 오래도록 그 모습을 잊을 수 없었다. 여자 품에서 잠이 들 무렵, 어디선가 남자의 고함

소리가 들려왔다. 여자는 소년의 머리를 가슴팍에 거세게 안았다. 여자가 아무리 세게 안아도 소년의 몸은 헐벗은 듯 떨렸다. 그래서 소년은 자신을 감싼 여자의 손이 자신보다 더 심하게 떨리는 것을 알지 못했다.

여자는 소년의 삶에서 사라졌다. 일을 나갔던 여자는 돌아오지 않았고 소년은 밤새 골목에서 여자를 기다렸다. 소년은 배달부가 흔들어 깨울 때까지 전봇대에 기대 잠들어 있었다. 혼자 집으로 돌아온 소년은 그 후 며칠을 앓았다. 차가운 방에 누워 여자의 꿈을 꾸었다. 여자는 소년을 일으켜 앉히고는 따뜻한 물을 소년의 입에 넣어 주었다. 바싹 말라 터진 입술이 쓰라렸다. 여자가 다시 소년을 눕히면 소년은 헤어날 수 없는 어지럼 같은 깊은 잠 속에 빠져들었다. 소년이 다시 일어났을 때, 남자는 여자에 대한 분노로 소년을 더 가혹하게 때렸다. 소년을 막아 줄 여자는 이제 없었다. 목소리는 비명으로밖에 나오지 못했다.

소년은 남자를 따라 다른 도시로 떠났다. 구경하던 누군가 여자가 먼 나라로 소년을 버리고 떠났다며 혀를 찼다. 남자가 욕을 하자 사람들은 흩어졌고, 소년은 그 말을 잊지 않았다. 남자는 농장에서 잡일을 하며 술에 취해 지냈다. 이제 폭력은 온전히 소년 혼자 감당해야 할 몫이 되었다. 남자의 두꺼운 손이 소년의 머리를 치던 날, 소년은 쇠기둥에 이마가 깊게 패었다. 핏물이 눈물처럼 소의 얼굴로 흘러내렸다. 피를 닦아 줄 사람은 아무도 없었다.

소년은 축사에 머물며 큰 눈망울을 이리저리 굴리는 소들을 바라보았다. 하루는 여자가 남긴 노트에 소의 눈을 그렸다. 둥글게 그려야 하는데 원은 자꾸 삐뚤어졌다. 길게 그려지던 원은 어느새 여자의 얼굴이 되었다. 마르고 핏기 없던, 희망이 사라진 얼굴 위로 구불구불한 머리카락을 그렸다. 그 사이로 흐르던 핏방울도 그렸다. 소년은 핏방울을 지우고 싶었다.

소년은 남자에게 아무것도 묻지 않았다. 여자가 저쪽 나라로 떠났다는 사실을 소년은 오랜 시간이 지난 후에야 믿을 수 있었다. 소년은 여자가 있는 곳으로 기겠다고 결심했다.

여기 국경을 넘어 저쪽으로 넘어가는 건 공공연한 일이지. 물론 자네도 잘 알겠지만.

기름으로 번들거리는 넓적한 얼굴의 브로커가 말했다. 식당의 낡은 의자는 브로커의 살진 엉덩이를 받치느라 부서질 듯 보였다. 자라다 만 턱수염 위엔 흰 소금이 붙어 있었다. 브로커는 이쪽 사람치고는 덩치가 너무 컸다.

근데, 왜 저쪽에 가려고? 이 일도 요즘엔 너무 위험해져서 말이지. 잘못되면 범법자에 평생 저쪽 땅엔 발도 들여놓을 수 없을 텐데. 각오는 돼 있는 거지?

브로커는 테이블 위에 놓인 감자튀김을 연신 입에 구겨 넣으며 물었다. 벌써 네 개째 케첩 봉지를 뜯어 입안에 짜 넣었다.

아, 뭐, 다들 비슷한 사연이지. 먹고살기 힘드니까 저쪽에서 한 건 크게 터뜨려 보자, 그런 거 아니겠어? 아무래도 저쪽이 그런 면에선 자유로운 나라니까. 그나저나 자넨 나이도 어려 보이는데 웬만하면 여기서 버텨 보지 그러나?

브로커가 감자튀김 하나를 집어 권했지만, 그는 고개를 저었다.

나 찾아오는 사람치고 사연 없는 사람이 어디 있나. 나도 처음에 일 시작했을 때는 그런 사람들 하소연 들어 주며 가슴 아팠던 게 한두 번이 아니었지. 그 사람들, 국경 넘어가 잘 산다는 얘길 들으면 어찌나 흐뭇하던지. 이런 게 다 나라를 위하는 일 아닌가? 애국 말이네, 애국!

브로커는 비어 버린 튀김 상자를 아쉽다는 듯 쳐다보다 바지 주머니에서 작은 철제 상자를 꺼내 테이블 위에 놓았다. 뚜껑을 열자 알록달록한 사탕들이 가득했다. 브로커는 기름 묻은 손가락으로 노란 사탕을 집어 입에 넣었다.

이젠 나도 뭐 이골이 났지. 근데 참, 알다가도 모를 일이야. 저쪽에서 잘 사는 게 어디 쉬운 일이냔 말이야. 국경 넘는 일은 또 어떻고. 바이러스에 테러다 뭐다, 요샌 아주 쥐 새끼 한 마리도 허가증 없이는 국경 넘기가 어려운데 말이지. 설사 국경을 넘었다 해도, 그다음엔 뭘 해 먹고살 건데? 말이라도 통하면 모르지. 아니, 뭐, 자네한테 하는 소리는 아니니 신경 쓰지 말게. 무사히 넘어가 잘 사는 사람들도 많으니까.

사탕이 브로커의 어금니 사이에서 으스러졌다.

육천이라는 건 알지? 물론 현금이네. 난 카드 장사는 안 하거든.

브로커의 얼굴 가득 비열한 웃음이 어렸다.

전 분명히 오천이라고 들었는데요.

브로커의 얼굴에서 웃음기가 사라졌다. 몇 번인가 혀를 차고는 말했다.

자네도 요즘 국경 상태는 알고 있겠지? 여기가 바로 전쟁터야, 전쟁터. 아니 이제 곧 진짜 전쟁이 터질 거라는 소문도 돌고 있어. 대통령 바뀌고 검역이다 뭐다 수비대에 걸리는 놈들이 한둘이 아니라고. 돈 좀 아끼자고 국경 근처로 관광만 하다 가고 싶은 건 아니겠지? 이게 다, 자네 안전을 위한 거라고. 서둘러야 해. 나도 언제 이 일을 그만둬야 할지 모를 일이야.

더는 소용없을 것 같았다. 그는 주머니에서 현금을 꺼내 건넸다. 수중에 남은 돈을 헤아려 봤다. 과연 이 돈으로 얼마나 버틸 수 있을까.

지폐를 센 후, 브로커는 약속 시간과 장소로 가는 방법을 알려 주었다. 그를 포함해 모두 여섯 명이 국경을 넘는다고 했다. 그중 한 명은 전직 경찰이라는 말도 덧붙였다.

저쪽 놈들이 약을 팔다 그 경찰한테 잡혔지. 그가 한 놈을 쐈고, 어느 날 밤 죽은 놈 형제들이 국경을 넘어와 아내와 어린 아들들을 모두 죽였다는군. 나도 그 기사를 봤는데 정말 끔찍했어. 근무 때문에 목숨은 건졌지만 살아남은 게 그에겐 더한 지옥이었지. 생각해 보게. 자신 때문에 가족이, 그것도 어린아이들까지 목숨을 잃었으니. 그래서 놈들을 찾아 복수하기 시작했다는군. 경찰은커녕 이제는 지명 수배 신세가 됐지만 말이야. 그러다 몇 놈이 다시 국경을 넘어 저쪽으로 도망치자 그놈들을 잡으러 이번에 국경을 넘는다는군.

브로커는 이번에는 사탕 상자에서 흰 사탕을 꺼내 입에 넣었다.

세상에 사연 없는 사람은 없지. 물론 자네도 그렇겠지. 어때, 마지막 기회네. 한 번 더 생각해 보겠나?

브로커는 지폐를 재킷 안주머니에 넣으며 물었다. 답을 원하는 질문이 아니었다.

사내들은 특수 제작된 버스에 타게 될 것이다. 운전은 합법적인 여행사 알선책이 하고, 다른 한 명의 안내인이 동행하기로 했다. 사내들은 이곳에서 여행객을 내리고 돌아가는 여행사 버스에 숨어 저쪽으로 들어간다. 그게 국경을 넘는 '우리'의 시나리오다.

소년은 청년이 되었다. 농장에서의 시간은 더디게 흘렀다. 청년은 남자가 집을 비운 사이, 짐을 챙겨 도시로 도망쳤다. 단지 며칠을 버틸 수 있는 돈밖에 없었다. 청년은 옛 동네를 찾아가는 대신 공장에서 일자리를 찾아 헤맸다. 수십 명의 직원과 함께 공장 뒷방에서 밥을 먹고, 잠을 잤다. 청년은 오랜 시간 섬유에서 뿜어져 나오는 독한 약품 냄새와 공장 안을 떠다니는 무수한 섬유 조각들을 삼키며 싸늘한 기계들에 온몸을 밀어 넣었다. 청년은 떠나기 위해 착실하게 돈을 모았고, 누구와도 친구가 되지 않았다. 그저 동료들이 모여 잡담하는 모습을 지켜보기만 했다.

청년은 가끔 아무 종이에나 여자의 얼굴을 그렸다. 저쪽에서 여자는 어떻게 살고 있을지, 상상하기 힘들었다. 그곳에서 여자는 햇볕에 바싹 마른 이불처럼 가볍게 펄럭이고 있을까. 청년은 여자를 잊지 않으려 애썼다. 그 기억마저 사라진다면, 자신을 잃어버릴까 두려웠다.

개조된 버스 안 좁은 공간으로 엔진에서 뿜어져 나오는 열기와 여섯 사내의 거친 숨이 얽혀 든다. 기름 냄새와 사내들의 지독한 체취에 숨 쉬기가 어렵다. 그는 천천히 깨어난다. 서서히 밀려오는 기름 냄새로 이곳이 어디인지 깨닫는다. 왼쪽 어깨를 맞대고 있는 가죽점퍼에게서 열은 술 냄새가 난다.

씨발, 거 냄새 한번 지독하네. 가뜩이나 숨 막혀 죽겠는데, 이놈의 냄새 때문에 머리가 깨질 것 같잖아!

사내 중 하나가 목소리를 높인다.

워낙 춥고 긴장이 돼서 좀 마셨는데.

가죽점퍼의 목소리가 울린다.

누군지 모르겠지만 마시던 것 좀 남았소? 이러고 있으려니까 죽을 맛이네. 그거라도 한 모금 해야지, 답답해서 원…….

또 다른 사내의 목소리.

조금 남기는 했는데, 어두워 보이질 않으니 여기 병 넘길 테니 마시려면 알아서들 해요.

가죽점퍼가 그에게 작은 술병을 건넨다. 그는 술병 뚜껑을 열고 고개를 들어 한 모금 들이켠다. 쓰고 진한 액체가 식도를 타고 텅 빈 위까지 빠르게 흘러 들어간다. 그는 병을 옆자리 사내에게 넘긴다. 나머지 사내들도 돌려 가며 한 모금씩 독주를 삼킨다.

이제 좀 살겠네.

조금 전 술을 부탁한다던 남자의 목소리가 다시 들려온다.

난 딸애를 찾으러 가는 길이오. 하던 일이 망하고 사채까지 끌어 쓰다 그놈들이 하나뿐인 딸에게까지 손을 댔더군. 딸아이를 저쪽에 팔아넘겼나는데, 우선 어디 있는지 찾아서 데려와야지. 힘들게 넘어갔으니 뭐, 기회가 되면 돈도 좀 벌고.

차는 산길을 넘어가는지 쉴 새 없이 흔들린다. 빈속에 마신 술 때문에 속이 좋지 않다. 옆에 앉은 안경 쓴 사내가 무언가를 게워 낸다. 술과 위액이 섞인 냄새가 좁은 공간을 가득 채운다.

미안합니다. 차가 하도 흔들리는 바람에.

안경 쓴 사내가 고개를 숙인 채 말한다. 힘겹게 울음을 삼키고 있는 듯한 목소리다. 그때, 천장 위에서 의자 두드리는 소리가 들린다.

조용히 해! 지금 어디 놀러 가는 줄 알아? 숨소리도 내지 말라고 했잖아!

짜증 섞인 안내인의 목소리가 머리 위로 내리꽂힌다. 사내들은 다시 침묵으로 돌아간다. 엔진 소리를 뚫고 어디선가 낯선 동물의 기이한 울음소리가 들려온다.

이봐요, 형씨는 왜 국경을 넘는 거요? 이번이 처음이오?

얼마나 시간이 흘렀을까. 가죽점퍼가 그의 귀에 얼굴을 들이대고 낮은 목소리로 묻는다. 그는 무릎 사이에 머리를 박은 채 대꾸하지 않는다.

나는 이번이 두 번째네.

가죽점퍼는 목소리가 커질까 더 가까이 다가가며 말한다. 엔진 소리에 묻혀 가죽점퍼가 하는 말이 분명하게 들리지 않는다. 차가운 가죽에 섞인 술 냄새만 코를 찌른다.

그때, 잘 아는 형님이 저쪽에서 크게 세차장을 하고 있었거든. 여기 와서 일도 좀 돕고 구경도 하고 가라기에 뭐 여편네도 도망가고 자식도 없는데 거기나 가야겠다, 해서 없는 돈 털어 들어갔는데, 뭐 일 좀 익히고 살 만하다 싶으니까 어느새 돌아올 때가 된 거지. 그런데 이대로 돌아가기엔 아깝더라고. 뭐, 제대로 돈도 좀 벌고 싶고. 근데 재수 없는 놈은 남의 땅에서도 그런 건지, 도시에 폭동이 일어나는 바람에 형님 세차장도 다 불타고, 미용실 하던 형수님은 총에 맞아 휠체어 신세가 되고…….

가죽점퍼는 한숨을 쉰다. 어쩌면 그에게도 비슷한 삶이 기다리고 있을지 모른다. 할 수만 있다면 가죽점퍼 곁에서 멀리 떨어지고 싶다. 하지만 이 좁은 공간 어디에도 피할 곳은 없다.

뭐, 더는 형님한테 신세를 질 형편도 안 되고 해서, 그때부터 여기저기 떠돌아다니며 안 해 본 일이 없지. 불법 체류자니 제대로 된 일을 할 수 있었나. 뭐, 항구에서 짐이나 나르고 식당에서 쓰레기나 치우고 야채나 썰면서 하루 벌어 하루 사는 목숨이었으니까. 죽을 고비도 여러 번 넘겼는데, 추방당할까 무서워 신고도 할 수 없었지. 그러다 이놈을 만났네.

가죽점퍼는 무릎 아래 놓여 있던 가방을 손으로 쓰다듬는다. 숲에서부터 들고 있던 가방이다. 안에 든 건 세 조각으로 분해된 당구채다. 젊어서 당구를 좋아했던 가죽점퍼는 술집이나 당구장에서 내기 당구를 치며 먹고살았다고 한다.

웬만한 술집마다 당구대가 있거든. 술에 취한 게임 상대를 찾는 일은 어렵지 않았지.

가죽점퍼는 내기 당구를 하면서부터 힘든 노동에서 벗어날 수 있었고, 길에서 사는 노숙 생활만큼은 면할 수 있었다며 웃는다.

그때, 안내인이 머리 위 의자를 두드린다. 가죽점퍼는 말을 멈추고 초조한 듯 아무것도 보이지 않는 정면을 향해 고개를 돌린다.

그는 가죽점퍼가 왜 돌아왔는지, 왜 다시 위험을 무릅쓰며 저쪽으로 돌아가려 하는지 궁금하다. 만약 국경을 넘어간다면, 이 버스에서 내리고 나면 답을 들을 수 있을까. 어둠에 익숙해진 눈에 낡고 더러운 신발이 보인다.

이제 곧 국경이다. 지금쯤 해가 떠오르고 있을 것이다. 하지만 이곳은 여전히 어둠과 코를 찌르는 악취뿐이다. 사내들은 버스에 몸을 맡긴 채 흔들린다. 그 옆에 앉은 안경 쓴 사내의 어깨가 떨린다. 손바닥에 고인 땀을 바지에 비벼 본다. 두 시간 넘게 펴지 못한 다리를 펴고 싶다. 참아야 한다. 갑자기 차가 멈추고 엔진 소리가 사라진다. 열두 개의 눈동자가 어둠 속에서 교차한다.

이제 오 분 후면 국경입니다. 무슨 일이 있어도 절대, 아무 소리 내면 안 됩니다. 절대!

머리 위로 다시 안내인의 낮은 목소리가 들린다. 요란하게 시동이 걸리고 버스는 빠른 속도로 앞으로 나아간다. 사내들은 한쪽으로 기울어졌다 다시 제자리로 돌아오기를 반복한다. 그는 더욱 깊이 무릎 사이로 얼굴을 파묻는다. 과연 '우리'는 국경을 무사히 넘을 수 있을까.

그녀를 만난 건 세 번째로 옮긴 공장에서였다. 그녀는 얼굴이 창백했고, 입술이 흐렸다. 그는 자꾸 그녀 주변에서 맴돌았다. 그녀는 말이 없었고, 친한 동료도 없어 보였다. 어느 점심시간, 그녀가 혼자 공장 밖으로 나가는 것을 보았다. 한겨울인데, 그녀의 외투는 얇고 낡아 보였다. 그녀는 공장에서 십오 분 정도 빠르게 걸어 낡은 집들이 모인 더러운 골목길로 들어섰다. 그리고 한 공동

주택의 지하로 내려갔다. 그녀는 그곳에서 얼마간 머물다 다시 나와 공장으로 돌아갔다.

다음 날도 그다음 날도, 그녀는 점심시간이면 사라졌다 돌아왔다. 며칠 후, 야근을 하고 저녁을 먹으려고 들른 공장 식당에서 혼자 밥을 먹고 있는 그녀를 보았다. 그녀는 며칠 새, 더 야윈 것 같았다. 그는 그녀 앞에 식판을 내렸다. 그리고 달걀을 그녀의 식판으로 옮겼다. 그녀가 달걀을 좋아한다는 걸 알고 있었다. 그녀는 작은 목소리로 고맙다고 했다. 처음 들어 본 그녀의 목소리는 오래전 잊어버린, 그립고 슬픈 누군가를 떠오르게 했다. 그녀의 눈빛에는 겁먹은 초식 동물의 두려움이 어려 있었다.

그 후, 그녀는 조심스럽게 자신의 가장 연약한 틈을 내어 줬다. 그는 서두르지 않았다. 그녀를 보고 있는 것만으로도 안도가 되었다. 공장 방에서 지내던 그는, 가끔 그녀와 허름한 식당에서 저녁을 먹고 그녀를 지하의 집으로 데려다줬다. 그곳에서 그녀는 늙고 병든 아버지와 함께 살고 있었다.

아버지는 내가 어릴 때 집을 떠났어요. 어떤 여자와 함께였죠. 떠나기 전까지 아버지는 술을 마시고 엄마와 나를 때렸어요.

그녀는 오랫동안 먼 곳을 바라보았다.

맞고 있는 엄마를 보며, 왜 아버지에게서 도망치지 않는지 알 수 없었어요. 그래서, 나도 그래야 한다고 생각했어요. 아버지가 무슨 짓을 해도, 가만히 있어야 한다고.

집으로 걸어가던 어두운 골목길에서 그녀는 눈물을 흘렸다. 그녀를 보며 어린 시절 여자를 떠올렸다. 여자의 핏방울과 아무것도 할 수 없었던 무기력한 소년의 모습이 떠올랐다.

그랬던 아버지가 몇 달 전 집으로 돌아왔어요. 엄마가 돌아가신 후 혼자 살고 있었는데, 늙고 병들어 다시 돌아온 거예요.

봄눈이 더러운 골목을 덮던 밤이었다. 그와 그녀는 허름한 숙소에서 밤을 새웠다. 그녀의 몸에는 푸르고 붉은 멍들이 자라고 있었다. 새벽에 그는 혼자 그녀의 집으로 갔다. 그녀의 아버지는 잠들어 있었다. 뼈만 남은 몸에선 지독한 악취가 났다. 그는 그 냄새를 잘 알고 있었다. 그를 때리던 남자의 몸에서 나던 냄새, 여자에게 욕을 퍼부을 때마다 나던 그 냄새.

그는 숙소로 돌아가 그녀에게 떠나자고 했다. 그녀는 힘없이 고개를 끄덕였다. 하지만 다음 날, 그녀는 공장에 나타나지 않았다. 그녀를 찾아 그녀의 집에 갔을 때, 그곳에 그녀는 없었다.

경찰이 그녀를 찾아 공장에 왔다. 그녀의 아버지가 죽었고, 경찰은 사라진 그녀를 의심하고 있었다. 며칠 후엔 남자가 그를 찾아왔다. 남자가 그를 찾고 있었다는 사실이 믿기지 않았다. 그는 서둘러 공장을 벗어났다. 가야 할 곳을 알지 못했다.

여자가 떠났다던 나라로 가고 싶었다. 하지만 국경은 이미 오래전 폐쇄됐다. 그는 언젠가 동료들이 주고받던 얘기를 기억해 냈다. 이쪽 접경 지역에서 국경을 넘어 밀입국을 한다는 이야기. 그는 동료로부터 현지에서 일을 맡아 줄 브로커를 소개받았다.

버스가 멈춘다. 엔진도 조용히 입을 다문다. 차 문이 열리는 소리. 여러 개의 발소리가 아주 크고 가까이에서 들려온다. 발소리가 머리 바로 위에서 멈춘다. 그는 갑자기 참을 수 없는 역겨운 맛을 느낀다. 식도를 타고 넘어오는 액체를 막으려 두 손으로 입을 막아 보지만 이미 늦었다. 입에서 뜨거운 액체가 막을 새도 없이 쏟아져 나온다. 내뱉은 토사물에서 익숙한 악취가 풍겨 온다.

머리 위 뚜껑이 열린다. 알아들을 수 없는 고함이 들려온다. 밝은 빛과 함께 긴 총구가 위에서부터 천천히 내려온다. 끝에 앉아 있던 남자부터 차례로 몸을 일으켜 구멍 위로 올라간다. 기어 나가는 안경 쓴 사내의 구두 밑창을 보며 그는 '우리'의 시나리오가 완결되지 못했다는 사실을 깨닫는다.

사내들은 모두 버스 밖으로 끌려 나온다. 외곽 도시에 홀연히 서 있는 경비소는 눈에 덮인 작은 오두막처럼 보인다. 주변을 둘러싼 철책 위에도 온통 눈이 쌓여 있다. 문제없이 통과했다면 몇 미터 앞이 바로 목적지다. 이대로 뛰어 숲에 닿으려면 얼마의 시간이 필요할까, 그는 비리고 역한 침을 삼키며 생각한다. 안내인과 운전사는 머리에 손을 올린 채 수비대원에게 매달린다. 누구도 그들을 상대하지 않는다.

활짝 문이 열린 경비소 안에는 삼나무를 잘라 만든 트리 위로 노란 전구들이 반짝인다. 뿔이 긴 박제 사슴의 머리가 벽에 매달려 있다. 책상 위에는 몇 개의 커피잔 위로 하얀 연기가 흩어지고 있다.

사내들은 손을 머리 위로 올리고 버스에서 나온 순서대로 나란히 선다. 총을 둘러멘 수비대원들이 사내들 주변을 바쁘게 움직인다. 그중 한 명이 떨고 있는 안경 쓴 사내의 배를 총구로 찌른다. 그때였다. 뒤에 있던 검은 점퍼의 사내가 수비대를 향해 총을 쏘며 버스 뒤로 뛰어간다. 급작스러운 상황에 놀란 가죽점퍼가 눈밭 위로 엎어진다. 수비대도 총을 겨누고 검은 점퍼 사내를 향해 총을 쏜다. 다리에 총을 맞은 수비대원을 동료들이 끌고 간다. 붉은 핏자국이 뒤를 따라 길게 이어진다. 버스 유리창이 산산이 부서져 내린다. 가죽점퍼가 가방을 한 손에 쥐고 버스 쪽으로 기어가다 다리에 총을 맞는다. 하얀 눈 위에 붉은 웅덩이가 생긴다.

떠나기 전날 밤, 남자가 잠들고 난 후, 여자가 소년을 안고 속삭였다.

조금만 기다려. 꼭 데리러 올게.

여자는 소년이 잠들었다고 생각했지만, 소년은 여자의 말을 기억하고 있었다.

눈을 감았다 뜬다. 눈앞에 국경이 보인다. 경비소 옆 철문을 향해 달린다. 넘어야 한다. 넘어가야만 한다. 그는 달린다. 철망 너머 숲이 보인다. 이제 막 어둠이 걷히며 옅은 주홍빛에 둘러싸인 깊은 숲이 보인다. 여자는 저곳에 있을까. 그녀는 왜 사라진 것일까. 등 뒤에서 종소리가 끈질긴 추격자처럼 그의 뒤를 따라붙는다.

그는 멈추지 않는다.
그는 달린다.

멀리, 성탄 아침을 알리는 종소리가 길게 울려 퍼진다.

작품 출처

- 성해나, 「괸당」, 『빛을 걷으면 빛』, 문학동네 2020
- 조해진, 「문주」, 『빛의 호위』, 창비 2017
- 김다은, 「내 이름은 프리」, 『죽음의 방향을 바꾸는』, 내일의문학 2024
- 전춘화, 「블링블링 오 여사」, 『야버즈』, 호밀밭 2024
- 김이환, 「고양이의 마음」, 『2035 SF 미스터리』, 나비클럽 2022
- 한소은, 「국경」, 『찬란한 날들』, 북레시피 2024